活食

Eating Alive

陈思安／著

译林出版社

图书在版编目（CIP）数据
活食 / 陈思安著. —南京：译林出版社，2020.4（2021.2重印）
ISBN 978-7-5447-8172-5

Ⅰ.①活… Ⅱ.①陈… Ⅲ.①中篇小说－小说集－中国－当代②短篇小说－小说集－中国－当代 Ⅳ.①I247.7

中国版本图书馆CIP数据核字（2020）第036974号

活食　陈思安 / 著
（现场文丛）

丛书主编　何　平
责任编辑　焦亚坤
特约编辑　李　蕊
装帧设计　一亩幻想
校　　对　戴小娥　张　萍
责任印制　颜　亮

出版发行　译林出版社
地　　址　南京市湖南路1号A楼
邮　　箱　yilin@yilin.com
网　　址　www.yilin.com
市场热线　025-86633278
排　　版　南京展望文化发展有限公司
印　　刷　恒美印务（广州）有限公司
开　　本　850毫米×1168毫米　1/32
印　　张　9
插　　页　2
版　　次　2020年4月第1版
印　　次　2021年2月第2次印刷
书　　号　ISBN 978-7-5447-8172-5
定　　价　42.00元

目录

活食

我早知道马樾养蛇。养得神神秘秘的，不怎么给人看。跟他走得最近乎那段时间，他喊我去他家吃饭，只在客厅书房里转悠，从不招呼我进卧室。我趁他在厨房鼓捣饭的时候去推卧室门也推不开，锁着的。我就知道他不想让人看。至少不想让我看。本来也没多大点事，但总是推不开，多少让人心里觉得别扭，喉咙里哽着点什么似的，人也像是就这么一点点地，走远着了。

有阵子我总忍不住琢磨这事儿。我估摸着他是怕人觉得他怪，硌硬得慌，所以自己玩儿归玩儿，不爱给人看。但他该知道我跟别人不同，没怎么怕过蛇。大学时候春游爬山，宿舍俩大老爷们被挂在树枝上的小草蛇吓得吱哇乱叫，我举个小木棒子挑着蛇玩儿了一路，临了要下山了才缠回树枝子上去。

人就是这样，你越藏着不给人看，背地里议论得越厉害。好几个人跟我说过马樾晚上睡觉不搂女人搂着蛇，家里满地爬着蛇不留神就踩一脚之类的话。

马樾突然喊我去他家，"看看他的蛇玩儿"，我第一反应是这事儿肯定跟蛇没关系。我有三四年没去过他家了，上次一起在外面吃饭也得是快两年前，还是其他同学攒的局。

他家还是那样，我扫了一圈，新置办了一台空气净化器搁在客厅，进门的鞋架子换了个更大个儿的，其他还跟以前一样，连桌布都没换过。读本科时宿舍里六个人，只有马樾一个北京本地人，在宿舍住得少，常是自己猫在他家早给他备上的婚房里。在宿舍住得少，跟他亲近的人也就少，能被他叫上去家里打游戏吃饭看片儿的人更少，去一次跟被天子翻了牌子似的。想想上学那时候，每次来他家玩儿我心里都带着些许得意。日后那些个得意慢慢变了味儿，好在没有变得酸臭到没法闻。

唯一让我在意的，是卧室门没有锁，门虚掩着，也不是大开，就一道缝儿。他这房子买得早，户型料很足，书房卧室厨房全朝南，但透过那道缝儿能看见卧室里面并不亮堂，阴暗暗的。寒暄了没十分钟，马樾站起来随手一推卧室门就进去了，我也跟进去。走到门边上，门已经是大开了，我下意识地又推了一把，门把手哐叽顶到卧室墙上。

屋里暗是因为窗帘合着，外一层还有遮光布，就床边上一盏小台灯取亮。一张一米五乘两米的床铺，床头立着一半米高的纯木床头柜，床尾立着一七八十公分高的灰色海尔小冰箱。屋里其余地方，竖满了大大小小高高矮矮三四十个玻璃箱，整整齐齐码在过头高的铁架子上。最小的玻璃箱有二十公分见方，里面装着的小蛇仔全抻直了也就十来公分，摆在最上一层。中间大小的玻璃箱有四五十公分见方，盘卷在一起的蛇面积有我家拉面碗碗口那么大，蛇身直径能有四五公分。紧挨着他的床头，有两个最大的玻璃箱，应该算是玻璃柜了，高近一米，长近一米半，柜子里有山石造景，还有青草垫底，水盆大似脸盆。其中一个柜子的角落里盘着一条我小胳膊粗的大黑蛇，另一个柜子的树根造景上缠着一条胀发了似的拐棍样的奶白色蛇。

"你不要怕，这都观赏蛇，一点儿毒没有。"马樾坐在床沿，边说边观察我的反应。

"我怕什么，我长这么大就没怕过这玩意儿。你养的蛇可比我在山上见过的草蛇好看多了嘿，花花绿绿的，头回见。"我在屋子里转了一整圈儿，停在那排尺码最小的玻璃箱前面。"这条真好看哎。"我指着一条通体雪白双眼橙红的小蛇跟马樾说。小白蛇昂着头看我，小脑袋还没我的指尖儿大，身子下面压的木屑都没它白皙。

马樾从床上站起来，走到我身边。"还是你眼神儿好，就喜欢贵的。这叫暴风雪，玉米蛇品种，小时候很白，再大一点下巴跟肚子会发点儿黄。圈儿里也叫白娘子。"我哦哦着点了点头。原来玩这个的也有圈子。"这个，这个，这个，都是玉米蛇，不同的种儿，这叫牛油，这叫炭黑甜甜圈，这叫白化红。"马樾给我一一指点着，我的脑袋随着他手指的方向不断摇晃。"这是王蛇品种，也是比较常见的，叫加州王蛇。王蛇我养得少，最喜欢的就是黑王。"马樾回身指了指他床边那玻璃柜里的大黑蛇，"墨西哥黑王蛇，这条我养了都快六年了。运气好，蜕了几次皮就通体黑了，一丝白不带。每次刚蜕完皮的时候那真是，黑得直反光，锃亮锃亮的。"

我溜达到黑王身边看了看，这大黑王片片鳞甲都挂着暗彩，黑得匀称、浓厚，鳞甲形状规则、严丝合缝，确实令人称奇。它不理人，不像小蛇那么活泛，懒洋洋地团成一团，眼皮半蒙。总觉着在它前面有些站不住，又折还到那条暴风雪身边。这小白蛇确实招人喜欢，白里透着粉，身段顺溜有光泽，周身透着灵劲儿。

马樾这小子，上来就说我喜欢贵的，怕不是想让我买他的蛇吧。我肚子里掂量起老婆会不会答应让我也养个蛇玩玩儿。

见我不语，马樾猛地打了个响指："呦，今儿该喂了，瞧我这记性。"说话间他走到床尾的海尔小冰箱旁边，拉开了冰箱门。冰箱没插电，并不是为了制冷的。拉开门摆着三排大小不一的塑料盒子，跟平时送外卖装菜的盒子差不多。透过半透明的盒子我已经大概看出来里面是什么了，心下猛一凉。马樾扒拉出其中一只盒子，从冰箱顶盖上捞起一对筷子。他走到暴风雪旁边，右手把塑料盒盖子掰开。盒子里挤挤挨挨地滚着一堆粉红色的小鼠仔，每个都只有我小拇指指头尖儿那么大，还完全没有长出毛来，看起来也就刚生下不超过一两天。成堆的小鼠仔眼睛都还没睁开，对着空气和身边其他鼠仔踢着腿转着脖子，窝挤在垫底的木屑上。

“这什么？”一问出口，我倒嫌弃自己贱，一言不发，我又觉得嗓子底直痒痒。

“乳鼠。幼蛇只能吃得下乳鼠，等长成了才能吃稍大点的。”马樾掂着筷子轻轻拨拉着那些粉红色的乳鼠，选妃似的郑重。挑中一只，两根筷子钳住鼠脖子，由盒子里钳出来。他把盒子放在铁架子上，腾出左手把暴风雪玻璃柜的上层柜门抽开，筷子伸进去稍微逗引了一下，卧在木屑上的暴风雪立刻蹿起，一口叼住那只鼠仔，筷子抽出来，柜门合上。暴风雪死死咬住乳鼠的屁股，看起来很用力，乳鼠挣扎的幅度却跟在塑料盒子里时相差无几，但我总觉得好像听到了什么声音。唧唧唧，唧唧唧，唧唧唧。没有一滴血流出来，也没什么太大响动，不到寸长的粉红色肉块先是没了屁股，很快没了腰，最后只剩下半只脑袋，眼睛依然没睁开。暴风雪的嘴巴到脖子咧成原先的两倍大，它看着不像是知道什么叫作噎得慌。

马樾又掂起筷子拨拉着盒子里剩下的乳鼠，仍是选妃般慎重。

“你先喂着，我嘬根烟。”我走回到客厅里，马樾没说什么，还在拨拉着他的鼠仔。我仰在沙发上，努力每口气把烟吸进肺底最深的地方，尽量不去想那条大黑王平时吃的都是什么。咽了三根烟，马樾从卧室出来了，走到门边上，把门带好，关死在身后。

他仰倒在我左手边的沙发上，顺茶几上捏起根中南海，点八的。我早就不抽中南海了。我看着他点烟，吸，吐，再吸，再吐，再吸。我不吱声，等他开口。

“想求你个事儿来着。”马樾开口了。

“别说求，说事儿。”

“我想开个爬宠馆，还缺点钱，想找个人合伙干。”

“爬宠馆？”

“卖爬行类宠物，主要就蛇吧，可能再弄点蜥蜴蜘蛛什么的。”

“怎么就想起我来了，我都不会养这个。”

“我身边就你能有这个闲钱。我掂量着，你也能理解我这事儿。就想找你了。”

前一句我信。后一句，搁上学时候听了，心里一定美翻了，现在只肯信一半。

“缺多少。”

“十来个。看装修程度，说不太死。最多二十打住。”

“平时谁看店啊，雇人成本也不小，得找专门会伺候这个的吧。”

马樾扫了我一眼，又点起一根。“我那活儿不想干了。我自个儿看店。”

我心又一凉。他把自己在检察院的工作称为“那活儿”。

“你爸妈知道了能干？”

“干不干的能怎么着。我这么大个人了。”

“给点时间我合计一下，”我看他看我的眼神里没有失落，跟选鼠仔喂蛇时候一样平静，“主要得跟杨冉合计一下，这一结婚，好些事不是自己就做主。”

“当然，当然，你们商量。”说到这句他倒笑了，不知是想到了我怕老婆，还是想到了我老婆。“别为难，成不成都行。不成我再问别人。”

一条蛇一般每周要进食一次。一年就是五十二次。人工养殖的观赏蛇，小型蛇种平均寿命在三到六年不等，中型蛇五到十二年。取个中间值再偏低，就算五年。五十二乘以五，二百六十次。他至少养了三十条往上，那就是再乘以三十，七千八百次。晚上我睡不着觉，替马樾算这个数。每五年时间，他要七千八百次从那个小冰箱里掏出塑料盒，打开盖子，选妃似的选出鼠仔，钳出来，喂进蛇嘴里，观察它们无声地吞咽。就我知道的，至少有两个这样的五年，那就是七千八百乘以二，一万五千六百次。就算一把小刀子，戳一万五千六百次，估计也再戳不出血来了。不对，这比方不太恰当。就算弹脑嘣儿，弹一万五千六百次，也觉不出脑袋麻来了。好像还是不太恰当。嗨，我到底想说什么呢。

大二大三那两年我得闲时候多，常陪马樾去花鸟鱼虫市场。他每周都奔那边跑，那时我不知道他跑那么勤干吗。老官园市场那时候还在官园桥，坐运通105打四环到二环，不堵时候也就花四十来分钟，有时候半小时能到。我们还一起骑自行车去过一回。每次去我都转花了眼，在花花绿绿的鱼群和啾啾不停的鸣虫声里找不到路。十年前不同现在，爬宠还是新鲜少见的玩意儿，市场里卖的基本上都是观赏鱼、鸣虫和鸟，猫狗一般少见，有专门倒腾猫狗的地方，在梨园。这些都是马樾告诉我的。

一到了花鸟鱼虫市场，马樾就异常话痨。好像学校里能学到的都是扯闲篇儿，没什么正经，所有最值得掌握的知识，都集中在这座花鸟鱼虫市场里头。我特别爱听马樾跟我讲这些。相比起分析法的形式正义与实质正义的冲突与解决，马樾认为分析一只虫子的习性和来历更值得人类习得。正如相比起论述权力制衡理论和制度及其对现代法治的影响，我认为我能为这个世界带来的更好的东西是那些躺在我笔记本里从不拿给人看的诗歌一样。不太一样的，只是马樾能带我来研究他喜欢的虫子，我从不拿出本子来念我写的诗给他听。

花鸟鱼虫市场不同于菜市场。菜市场里不管是卖菜的还是买菜的，都是南来北往的人，口音各异，纷杂热闹。花鸟鱼虫市场里，则不论是卖家还是买家，基本一水儿的北京本地人，满场子京腔乱飘，不看准了轻易也不开口。北京人打以前就喜欢提笼架鸟，斗虫赏鱼，传到现在跟其他东西差不多，都没了大半。马樾爱往这儿跑，我也跟着看新鲜，并没觉得什么。每次去市场，转着转着我就见不着他的踪影了。又隔个一刻钟半小时的，赶在我要着急了的当口，他就摇摇晃晃地出现了，上衣兜里鼓鼓囊囊揣个铁饭盒。我要看，他肯定不给。现在知道他是买老鼠去了。

有阵子他撺掇我养对儿独角仙，拉着我在市场里当时唯一一个卖独角仙的店里不停给我讲，这东西有多好养活，喂个果冻都能成，半截香蕉能吃俩礼拜。俩礼拜，那不都搁臭了吗，宿舍人得嫌弃死，我很犹豫。我们都是长在城市里的孩子，独角仙这种东西，我知道在农村一到夏天晚上飞得四处都是。马樾说那跟店里头卖的不一样，店里卖的都是稀有品种。毛象大兜，原产中美洲，体态浑圆，全身金黄，有粗短绒毛，性格温顺但一般命短。长戟大兜，原产拉丁美洲，胸角极长，且粗壮，号称是世界上最大的甲虫，浅褐色背壳，角越长越贵。彩虹锹甲，原产澳洲，虫如其名，背甲呈彩虹光芒，有金属质感，一种偏绿，还有一种偏红，都颇受追捧。我尤其喜欢那对彩虹锹甲，看得挪不开脚。也不算贵，百十块钱，后续也不烧钱。来回磨叽了几番，我终究还是没有出手。

回宿舍马樾跟其他人揶揄我半天，说我娘们儿兮兮地扭捏，买条虫子叽歪那么半天。我不知哪来股劲，顶他说，不是我叽歪你知道么热衷昆虫的人多多少少都有点精神问题，这事儿安部公房在《砂女》里面说得很清楚。马樾跟着来劲，这锅甩出了中南海都甩进了日本海了，还安部公房，再安都安不行房了。

我爬上宿舍铁床，在床头垒得摇摇欲坠的书堆里翻翻翻翻出了书来，得我给你念念你听好了，“一个人都成年了，居然还会热衷于采集昆虫这种毫无用处的事情，这本身就是最好的证据，足以证明其精神具有缺陷。即使是孩子，如果对采集昆虫表现出非同寻常的癖好，那么这种孩子多半有恋母情结。他们之所以要在绝无逃离可能的虫子尸骸上不住地扎上大头针，实际上就是一种无法得到满足的欲求代偿。至于那种成年之后仍然热衷于此的人，那毫无疑问大都是病状极度加深之故……”马樾坐不住了，蹬我床的铁爬架，我还接着念，“采集昆虫的人，往往都是占有欲极为强烈者，或是极端排他者，或是具有盗窃习性者，或是热衷男色者，这也绝非偶然。而且，这与厌世自杀只有一步之……”遥字还没吐出来，书一把被马樾扯走了。

他哗啦哗啦地快速翻着书，嘴里念念有词，什么狗屁玩意儿，这安不行房懂个鸡巴毛，养虫子这里头学问大着了。我原想跟他说，这安不行房很懂个鸡巴毛，他本人就酷爱搜集昆虫标本，算大半个专家。但看着马樾涨红脸胡乱翻书的样子我心里很是得意，没有说出口。面对马樾，我的武器总是少得可怜。这些他们从不会看的“乱七八糟”的书是其中一种，见效的场合却少之又少。我还能有什么武器呢。即使最年少气盛理应轻狂的岁数上，我也不曾拂逆过他人的意愿行事说话。

沉默地笑着旁观马樾的窘态,已算是我对他最大的反抗。

那之后,马樾不再主动喊我一起去官园了。

翻了八百回身,还是睡不着。一闭眼就看见那些翻滚在塑料盒子里的粉红色小肉芽,在空气里徒劳地蹬着手脚。手和脚和小尾巴都分得很开,虽然小得惊人,但手是手脚是脚的,清晰得也惊人。杨冉迷迷糊糊地嘟囔,别翻了,摊煎饼呢。我拍了拍她,悄悄爬起来,拎起衣服摸到客厅。临睡前她就表了态。不是大数,也不算小数,投资风险可承受,但肯定不支持。“外人看着你过得不错,就我知道你赚的都是血汗钱,为什么要拿血汗钱去陪他玩他的玩意儿。”转头又说,“但我只做我那百分之五十的主。你还是可以做你自己那百分之五十的主。”

这种话我只能笑着听。杨冉从来看不上马樾。她跟马樾是截然不同的两种北京人。从上学时候开始,她一看到我跟马樾一起晃荡就不乐意,总爱说,北京就是让马樾这种北京人搞疲沓的,只能指着我这种外地人再搞蓬勃起来。要那么蓬勃干吗使。种花呢还是炸焦圈呢。她说我就笑着听着,我知道大部分时候她也不知道自己要蓬勃是图什么,就是觉得蓬勃着总比塌囊着好。

我怕客厅聚太多烟气熏进卧室里,裹上羽绒服开着窗抽烟。到了年尾巴上,夜里的风真够清凉。我跟自己较劲一个问题。钱多钱少,赔多赚少,杨冉同不同意,这些我都不较劲。

我就较劲一个问题。就这一个问题让我睡不着觉。我是个吃肉的人。这一点毫无疑问,不仅以前吃、现在吃、将来肯定继续吃,吃到再也吃不动为止。而且我还特别爱吃肉,什么肉我都爱吃。我这一辈子吃的肉,显然要比那些蛇吃得多得多得多。它们十年里吃一万五千六百次肉估计都没我一个月里涮掉的肉多。那么问题来了。我凭什么认为蛇吃活老鼠这件事无法接受。凭什么。难道我吃的那些肉是别人宰的,吃进我肚子里就不必算在我头上了吗。要是人的进食机制跟蛇一样,都是要吞活食的,我还会觉得喂蛇吃活老鼠很残忍吗。我们的生命都是建立在掠夺其他生命的基础上,既然大家基础相同,那细节上的差别有什么意义吗。我掐灭烟,关好窗,脱下羽绒服,摸回卧室床上。我知道我较劲的不是蛇和老鼠,是马樾。这个劲,实在是较不动。

大四学年刚开始,班导师找我谈话,问我打算考研,还是司考进律所,还是考公务员。我搓着手,说没想好。班导笑,说可以开始想想了。我也笑,这不是路您都给我指点好了吗,好像我也没什么可想的。班导接着笑,学法学可不就这样吗,好选的路也就那么几条。临了我要出门,他还在冲我笑,说,马樾他跟你不一样,你得趁早替自己打算,他的路有人帮他铺,你的路还得自己努力来。我回个笑,您说得对,我回去马上好好想想。我一直不太明白的是,有什么好笑的。不挂个笑是不是很多话都说不出口。

这个学年还没过完，我就听宿舍里人念叨说马樾他家安排了他去检察院。整个大四马樾回宿舍的次数越来越少，很少有人能见着他，被天子翻牌子的机会也没了。再见面时，我在每天泡图书馆准备司考，马樾回宿舍搬他本来就不多的东西。检察院不错啊哥们。我不需要努力也可以口气轻松。对不同世界的人，按着他们世界的方式和逻辑去说话，是我的本能，也是我的天赋。不错什么不错，没劲。后来不管何时提起他的工作，马樾从来就这俩字的评价。他胡乱翻拉一通，把所有东西都倒进一只圆筒状的帆布口袋里。四年来他在这个空间里制造的全部垃圾就都在这只袋子里了。他自己扛着圆筒帆布袋，把篮球往我手里一塞，喊我一起去他家。那是我毕业前最后一次去他家。我们买烧鸡豆腐干熏肉肥肠成箱的啤酒扛上楼，不管喝了多少酒，他卧室房间的门还是牢牢地锁着，推不开。

我睁眼看着浓黑滴蜡的天花板，听着杨冉有规律的轻鼾声。

认识马樾十四年，他从未在我眼前喂过一次蛇。直到今天。

“老官园早拆了，新官园跟紫竹院呢。”马樾坐在副驾，指点我赶紧从二环上下来掉头往动物园方向走。

“拆了？什么时候拆的。”

“零九年就拆了，一些户进了十里河，还一些就搬紫竹院广源那儿了。”马樾口气淡淡的，就是陈述这么个事儿，没什么情绪在里头。我工作的律师事务所在朝阳，住也在朝阳，平时没什么事儿很少往西边儿走，全不知这些变化。有时开车路过官园桥，遇上堵车，我会伸起脖子往东南角瞅，瞅不见什么。原来不是我眼神儿差，是早不在了。

“转悠了大半年，我就看上眼仨铺面，俩在新官园，一在十里河。十里河那儿环境还是差点意思，租子也便宜不了几个，今儿咱就主要看官园的吧。我最得意那铺面，位置特好，守着把角儿，停车场一上来就路过，客流肯定保证，就空间小点儿，也就十来方。另外那个地方倒是大，将近三十，但有点儿靠里，客流是个问题。”说起我们要看的铺面，马樾话密了。我没告诉他，我跟杨冉说自己是出来见甲方的。

“你是不遇上什么事儿了。工作上。”我眼睛盯着车流，不看他。

“没啊。”

“有我能使上劲儿的地方，肯定不含糊。”

“还真就没事儿。”

“我没别意思。就觉着有点突然。”

“突然吗。”马樾笑了，“可能是有点儿突然。就突然那么一天，发现自己其实没必要那样。”他故意把每个“突然”都咬得很重，似乎是在提醒我我说的话有多么可笑。

“哪样。”

“那样。”

我不言声。他也不言声。

“玉米和王蛇一般三年左右就能交配了，一窝能生十来个蛋，以我现在的水平至少能孵出一半儿到百分之八十来。我家养着的有小一半已经进入生育期了，公雌都有。锦蛇、王锦、球蟒这些我养得少，也可以慢慢接触点儿，扩展一下。”马樾继续描述他未来的生意，我安静地听着。

他是“突然”发现自己没必要“那样”生活了，才决定把爱好变成生意，还是反过来，因为想把爱好变成下半生的营生，才“突然”决定没必要“那样”了。我想他不会跟我细说。就像即便在我们最熟络的时候，他人生所有重大决定都不会向我通报一样。我跟他到底有多不一样，我心里早知道。不是大学班导师想告诉我的那种不一样，而是些别的。很多我在意的事儿，他并不在意，大概就是这点不一样。反过来也成立。可就这么一点点的不一样，就是天差地别的不一样了。我到底想说什么呢。

新官园跟我记忆里的老官园，完全是两个地方。没了露天自由市场，所有店铺都窝在阴阴冷冷的大厦地下一层，间间由玻璃房门铝合建材分割得清清楚楚，自然也没了吆喝招呼，人潮涌动。一群人挤在一盆鱼前面指指点点评评论论看得多买得少的景象只存在于印象里，稀稀落落的客人个个显得极客气，背起手看着钢化玻璃箱里头花花绿绿的小鱼小虾。

“如今虾米也能养着玩儿了嘿。”我背着手，眼镜快要顶到玻璃柜了才能看清那些近乎透明的指甲盖大小的观赏虾。

“别说玩儿了，门道可多了，不好养，养不好几天就蹬脚翻盖儿。”马樾伸出小拇指戳着玻璃柜，“这全身火红的，极火虾，透明身上有黑纹儿的，叫虎纹，这浑身透亮绿的，绿晶。还有这，全身瓦蓝，螯大脚长，叫天空蓝魔，这个贵。”

“你说这要养死了，还能吃吗。”我问马樾。他小拇指不伸回去，直接挪到我快顶到玻璃柜的脑袋上，叭地叩了我一脑嘣儿。这一下还挺疼，疼得好像回到了小时候。马樾自当我是开玩笑，我倒被自己无意识的话吓了一跳。因为想起了事儿。

独角仙现在也不新鲜了，一圈儿溜达下来有六七家店都在卖。几乎家家都有彩虹锹甲，现在要卖三四百一对儿，长戟大兜上千一只。我举高一只装着公彩虹锹甲的塑料饲养盒，还像二十岁时候一样，看得挪不动脚。

“你还记得……”

“怎么不记得啊，娘们兮兮地扭捏。”话没落定，马樾就抢过去接。我看在他记忆里头，彩虹锹甲就跟“娘们兮兮”这四个字挂定在一头了。

刚才忽然想起来的事儿，窝在嘴里逛荡了几下，不知怎么就想找个去处。我捧着装彩虹锹甲的塑料笼子，自顾自地说起来，“我高二那年，我老爹突然来了一股劲儿，喜欢上了养热带鱼。弄了特别大一水缸放客厅，得两米多长，比你养大蛇那缸子还大，里面放一水泵，每天突突突的。我对鱼没什么太大兴趣，可每天复习累了看着玩玩儿也不错。有两只比我脸盘儿还大的大盘子鱼，黄底儿黑条纹，忘了叫什么。有几只红色的，头特别大，比例失调，我记着叫鹦鹉，头长得是有点像鹦鹉，眼睛鼓得都要爆了似的。还有几条，灰底儿的，尾巴上有一排大黑点儿，黑点儿外面还一圈儿白，跟人眼睛似的，晚上看着怪吓人。”我边说边转着塑料笼子，观察完彩虹锹甲的两支大角，再观察它屁股。

“我老爹脾气一直很暴，就对那些鱼有耐心，天天下班了回家就对着那缸子鼓捣鼓捣鼓捣，人也变得很安静。一天我放学回家，发现鱼缸空了。一条鱼没有，一滴水没有，马达在缸底瘫着。我问我妈，我妈说养这些破鱼太费电，又费水，马达成天突突突突的，影响我在家自习，没几个月就要高考了。我说那鱼呢，我妈说，冻了。我说冻了干吗。我妈说，哪天你想吃鱼了就吃了。我说那都观赏鱼，怎么能吃呢。我妈说，观赏鱼不也是鱼吗。我问我妈，我爸呢。我妈鼻子里一哼气，说跟李叔外面喝酒去了。我走到厨房，一拉开冷冻柜，就看见那几条灰底儿带眼睛的鱼，硬挺挺地戳在冷冻柜最外面，里头还有一大堆。我赶紧把门关上了。”我把塑料笼子又转了九十度，观察彩虹锹甲的侧翼。

“我一直不太明白，我家家境不错，肯定是不缺那点水电费。我躺在自己屋里反复想，就得出一个结论，我要是没考上北大，我爸得恨我。就从床上爬起来继续做题。那些鱼在冰柜里冻了很久，当然不可能真吃了。谁吃得下去呢。那段时间我都不想去厨房。后来鱼也不知道被我妈弄哪儿去了。每次我想养点儿什么的时候，就想起那几条硬邦邦地插在冰柜里的灰底儿鱼，尾巴上的眼睛死瞪着我。”我把塑料笼子放回架子上。

老板说四百五一对儿真的很便宜了，我说贵了。老板说身长快六十了，还能长呢，真不贵。我说贵了，转头走出店去。一走出店门，马樾淡淡地对我说，“那种灰底儿鱼，叫七星刀。”我笑了笑，叩他脑门一脑嘣儿。

人生的进度条拉过三分之一，最大的长进之一就是能把以前藏着掖着不敢说的话，轻松地说出口。说出来了，也没有如释重负的感觉。除了不像少年时候那么会疼了，也是因为打心底里觉得除了自己没人会在意这些。早知道是这样，从前那些写满了诗的本子就不丢掉了。说不定现在也会愿意拿出来读给马樾听听。

马樾看中的这个铺面确实很不错。位置上佳，处在三条主通道交叉口，不管是从停车场上来还是从楼梯口下来，都先得过这道铺面的门。原本的主家应该是卖鱼的，整个空间弥散着一股浓烈的鱼腥气。马樾一手揣兜儿一手在空气里比划，给我介绍哪里是货架，哪里是储柜，哪里是银台，哪里设展台。我看到这个铺面正对面，就是一家爬宠馆，正对着我们这铺面的玻璃柜里，盘卧着一条全身橙黄锃亮，直径有我小腿粗的黄金蟒。黄金蟒盘坐一团，一动不动，肚子鼓起一大块。我知道里面是什么。

“他们家是整个市场生意最好的爬宠馆，光我就不知给他送了多少钱了。”马樾见我盯着对门店铺，走过来跟我说。

“这是黄金蟒吧，我跟电视上看过。”

“嗯，种儿很纯，他喂得也好，少说十几万，只给看不给卖，镇店的。”

我推他一把，“你小子，非开人对家儿是吧。”

“也不是故意，赶上了。你知道我。谁要想跟我比一比，我立马主动承认输了。”

“喂得好，得是喂什么呢。”

“兔子，荷兰猪，蜥蜴。”

我不言声。他也不言声。

“大鱼吃小鱼，小鱼吃虾米。动物跟人一样，就是比人直截了当多了。”马樾干干地笑了声，回身继续审视他脑海里的店面概念图。

走去停车场的路上，我让马樾抽根烟等我会儿。我折返回那家独角仙店铺。老板见着我进门就笑了。“哥们四百你拿走，底价了。”“成，给我搭点果冻儿，再配一好点的饲养箱。”

车都到家楼下了，我才想起来早上出门时跟杨冉说的是去见客户。看看后座儿上顶着的饲养箱，我掉了个头，往律所去。到了办公室，先是把饲养箱摆在桌面上。想了想不大合适，又提起来，放在了窗台上。我走到门边儿，抱着胳膊端详了会儿，再拎起来，置在书架子上。就先这样吧。两只彩虹都把自己深深埋在培土里，大概是在适应新环境，远远儿看起来就像在书架上摆了一盆土。提醒保洁阿姨别给我倒了就行。

毕业后我跟马樾第一次见面是在校友会上。那时距离毕业刚过几个月的时间，我接连过司考，进律所，认师傅，跟案子，感觉像是已经过去了几年。在人群中见到马樾时，恨不得扑过去抱住他。可马樾还是马樾，身子晃晃荡荡的，轻飘得像是随时能起飞，看到我只点点头，我也就按下性子，冲他点点头。作为青嫩滴水的社会新鲜人，校友会的一切在我眼里看起来都是新奇的。聚会地点在南长街上一家外面连牌子都没有的店里。店西边是中南海，东边是故宫，往北走是景山，往南走是长安街。

一进门就有个师姐发了空白胸牌和马克笔给我，叫我把自己的名字和工作单位写在胸牌上。我边写边抬头扫视一圈会场，能看到每个人在跟另一个人打招呼前眼睛都先要迅速地刷一下胸牌，心里也就明白了是怎么回事儿。我进的律所名头还可以，但毕竟只是家律所而已。会场内的人群早自动以胸牌为基准分出了主次。胸牌上写着国务院、司法部、最高法的如花蕊般被围绕在最中央，向外展开的层层花瓣是最高检、各级中院检察院、市政府，剩下散散落落的绿叶子是地方各级法检、大律所和大公司法务。我连泥巴都还沾不上边儿，青春的身体尚未褪尽羞耻心，并不想觍着脸向人群里层钻。

我想着马樾可能在绿叶子那层的边缘流连，但扫了半天并没找到他。又找了一阵儿，发现他正在自助餐台前用手抓冷餐吃。我走过去拍他手背。饿死鬼托生了，餐具都没摆，就是还不让吃那意思。他翻了个白眼儿，嚼着蹄筋儿的嘴咕哝，没劲。我下意识地看了一眼他前胸，发现他在自己胸牌上写着“无业”。这小子。他嘴里嘎吱嘎吱地嚼着蹄筋儿，我看着他，像抓住了游泳圈似的安心。

国务院的师兄开始发言了，掌声雷动，接着是司法部的师兄，依然掌声雷动，后面还有最高法的师姐以及各级代表，需要做好继续掌声雷动的准备。最高法的师姐话还没讲完，马樾抹了抹嘴，顶了一下我肩膀说，我吃饱了，咱走吧，去景山看银杏儿，该黄了。我愣了，看他的眼神流露出一丝惊恐。不合适吧，人还说话呢。

马樾回看了我一眼，就那一眼，让我记到现在。他没有再问第二遍，摇摇晃晃地穿过安静听师姐讲话的人群，冲大门口走去。掌声再次雷动起来了，我木然地抬起双手跟着鼓掌。马樾的背影一闪就没了。掌声又雷动了几次，我的木然随着青春身体内的羞耻心一同如蜕皮般慢慢退却，巴掌开始一次比一次拍得更用力。所有师兄师姐们讲话完毕，进入正式餐宴，我举着红酒杯穿行在绿叶子花瓣花蕊间，每一遍自我介绍都比前一遍更简洁精辟同时尽量保持幽默感。

大鱼吃小鱼，小鱼吃虾米。如果你跟他们不在一条河里不进一片海里，哪怕是能有属于自己的一道小浅水沟，自然是可以想吃水草就吃水草，想咽河泥就咽河泥。但如果你逃不出这一条河一片海呢。就得明白，万事说到底，大鱼吃小鱼，小鱼吃虾米。

塑料饲养箱安静地悬在书架上，我站定着看了快二十分钟，这盆土都没有动过分毫。三十好几的人了，背着老婆在公司偷偷养两只虫子，真是我自己都觉得好笑。二十出头就想明白了的道理，也走通顺的路，难道这时候尝出不对味儿了吗。不对味儿又打算怎么办呢，把菜倒了重新炒吗。一个备菜都不敢随便改刀的人。

安置好我的虫子，晚饭前我从律所回家。杨冉也没准备饭，我就接上她出去吃。离家不远的商场里有家海鲜馆子我们常吃。杨冉点了俩菜，然后单子递给我让我再选选。我点了道活章鱼。“怎么想起来吃这个了，从来都不吃。”杨冉瞪着我。“忽然想吃了，就吃吃呗。”

一盘子切成寸长拼命扭动着的活章鱼端上来，跟我想象中的不太一样。我以为会是一整只章鱼端上来，而不是已经切好的，心里些许失望。又一想，一整只端上来，客人怕是根本无从下嘴。每截小段儿上的章鱼脚吸盘都在竭力地一张一合一张一合，呼吸般规律地抽动。杨冉嘴里啧啧有声，一把把盘子推到我面前，说她可不吃这玩意儿。我夹起一截章鱼脚，乳白色柔韧的肉段在木筷间小鞭子似的来回抽打，我钳住肉段，丢进嘴里。章鱼脚的吸盘立刻吸附住我的半截舌头，两颗牙齿及上牙膛。我用舌头推了推，吸盘稍微松懈，肉段滚动起来，不知是章鱼身上的黏液，还是我的唾液，让肉段滑腻地在我口中旋转着。我用舌头把它推到左边后槽牙，上下研磨了几次，肉段还在扭动，我只好草草地咽了下去。

“我知道你不乐意。不就马樾那事儿吗。”杨冉喝两口海鲜汤，开口说道。

我又钳起一截章鱼脚，丢进嘴里。这次比刚才研磨得跟咽得都顺畅了许多。我嚼出了口感来。韧。冲。腥。黏。

“我就不明白了，马樾到底哪点儿好，你就那么喜欢他。上学时候就是，你什么都随着他，随他吃随他穿，连说话语气都随他，我都要怀疑你们俩是一对儿了。”

“你怎么就知道我们俩不是一对儿呢。”

“你给我少来，”杨冉翻了个白眼儿，假睫毛都要翻下来了，“幸亏你们后来走远着了，不然就他成天吊儿郎当如丧考妣那样儿，指不定把你带哪条沟去了，你还能有今天。”

今天怎么了。今天我可以吃虾米，甚至可以吃小鱼了对不对。可今天也有无数个声音在我脑袋里像烟花一样轮番炸开着，告诉我虾米和小鱼比蛇拉的屎还要腥臭难闻。

我伸出手，招来服务员。“加一盘醉河虾，一份儿鲜生蚝，要鲜的，刚撬开那种。”

杨冉在桌子底下伸出脚踹我小腿，“今儿来劲了是吧。”

以前在杭州陪客户的时候见过他们吃西湖醉虾，讲究醉着黄酒的虾，玻璃盅儿端上来，虾还未醉死，一掀盖子，能扑出桌面来，众人在桌面上捕着吃。我从来看热闹，一次没捕过。北京的馆子还是差点意思，盖子掀开，虾还在抽动，但蹦不出盅子来。我钳住一只抽动得最活泛的，叨进嘴里。虾子翻进后槽牙之前，好像浑身都是刺，四处扎。刺又刺不狠，扎也扎不疼，嚼吧两下子，满嘴只剩下一口渣子似的腥香。

“我的底线是只能借钱，不能合伙。我都打算好了，明年得要孩子了，你别给我瞎折腾。让他打借条，按手印儿，最好做公证。可以没利息，两年得还清。”杨冉长呼出一口气，露出了太后恩赐般的表情，等我接茬。我笑着看她，努力回想我最初爱上她的理由。

真是没有比蛇更安静、更简单的动物了。我想起下午马樾两手插着兜儿，蹲在黄金蟒的缸子前对我说。什么都省了，连四肢都省了，真他妈简单，多好。他伸手摸着玻璃罩子，里面的蛇兀自盘着，不会搭理他。真他妈希望被这个世界淘汰得再快一点啊。他是跟谁说呢。跟蛇。跟自己。还是跟我。

鲜生蚝的盘子上摆着四分之一颗切开的柠檬，还有一瓶研磨海盐。蚝肉在自己的壳儿里微微颤抖着，周身一圈儿黑色的卷边不停地搐震，壳儿底的汁水随之向上翻涌。我没有挤柠檬，也没有撒盐，直接捧起岩石质感的蚝壳，吸吮着将蚝肉吞下。咸嗒嗒甜滋滋冰沁沁还有些奶油香气的蚝肉滑在我的舌头和牙膛间。

我没有嚼，一口将它咽下。

2018.2　初稿

2018.3　改定

狩猎

1

我非常确定自己就站在宇宙的中心。大半条银河野猫一样匍匐在这座山的脚下急速扭转，以令我目眩的速度光焰般滚动，山也跟着一起颤巍巍地每秒钟进行一次微型翻滚，一下子把里子翻出来，一下子把皮子翻出来，一下子再把里子翻出来。每秒钟我都感觉自己马上就要吐了，胃里焦灼的晚餐像即将喷发的火山一样烫着喉咙。

山巅冷冽的风吹得我双脚离地，每次离地超过五公分我就尝试气沉丹田，使出吃奶的力气把自己压回地面。是向上飞升的恐惧而不是向下坠落的恐惧让我不敢随风而起。仿佛稍不注意我就将乘着风越飞越高，扶摇直上，直击银河中心而去了。其实也没什么不可以。只是这种两头儿都有什么东西想拉着我的错觉有点儿叫人沉醉。

风最后一次企图把我从地面连根拔除的尝试略显用力过猛。银河中央的一颗星星向我抛过来一条光线，直接丢进我嘴里，瞬间就将我一口咬住。风在此时乘势袭来，灌满我全身所有松懈的漏洞，我的脚面瞬间离开地面。

星星立刻开始收紧光线，配合着心怀鬼胎的风，一点点把我向天空拽去。它卖力了一晚上，终于把我钓住了。我心里有一丝得意，又有一点后悔执意把导游留在山腰的基地大本营，自己爬上山来。哪怕我就是要飞升了，总该留个人给家里捎句话什么的。

他就在我心旌摇摆的动荡时刻出现了。

他扑过来一把抱住我的大腿（此时我的脚已经飞到了他的胸部高度），仰起头来声嘶力竭地冲我高呼，“这样下去可不行啊姐姐！”我的身体沉坠下来一点。

我低下头来看他，他异常白净的面孔正在发光。仔细看来，他的整颗头颅都在发光。黑色的眉毛和瞳仁发着黑色的光，猩红的嘴唇发着红色的光，白皙的皮肤发着白色的光。黏在我嘴巴里的光线一下断了开，风也瞬间不见了踪影，我噗通一下栽倒在他的怀里。

“你这样子没有防备，可是会被星星钓走的呀。”他的嘴巴小巧却厚实，急迫的语调里酿着桂花味儿的宽慰。我一闻到就安下心来。

“你怎么知道我不是想跳崖？”尽管他的面孔已经吸引了我几乎全部的注意力，我还是感到好奇。

“我在这山上这么多年了，尽是看着人被星星钓走的，却没看过几个人是专程来跳崖的。”

“你就住在这山上？”

“是啊，我没有别的地方可以去啊。”他的眼神真是叫人心醉。好像眼睛也都是在桂花汤里泡过的，又香又烫又软又温润。

我打量着男人。他看起来只有二十岁出头，皮肤白嫩得比山顶的积雪还要刺眼，黝黑的头发略微卷起，乖巧地在空气里小幅度颤悠着。细长的脖子连着一副宽板的肩膀，看起来肌肉不算丰满，整个人显得瘦削。他说起话来的时候双眼向外喷着热气，头时不时地向左侧歪一下，俏皮得很。大冷天的，他只穿了一件单薄的浅蓝色衬衫，外面套着一件没系扣的牛仔夹克。

“要不我跟你走吧，姐姐。”他看着我，浅笑顶出来的酒窝里坐着一个小号的他也在望着我笑。

于是他就这样跟着我走了。

大本营里的每一个人看着我们两个的眼神里都埋着毒针。男男女女都恨不得用毒针射死我，抢走他。这让我更得意了。反正明天就下山了，大家各奔东西，不会再见，偶尔我就放任自己高调一把怎么了。他盘着腿坐在我的睡袋上，双手抱着能量饼干一口接一口地啃食。他吃东西的样子好像小松鼠嗑瓜子。我可以这样看着他吃东西看一晚上也不困。

导游把我拽到帐篷外面，嘴凑到我耳边，对我说，“你要小心这东西了。”他的嘴里弥漫着刚刚咽下的浸泡过死蟑螂的蒜蓉泡菜汤的味道。“小心魂儿都要被他勾走了。”导游忽然变得很焦躁，双手用力地搓在一起，手掌心的灰泥下雨似的滚落到地面上，很快就落了一地，盖住了他的脚面。“你千万不要小看这个，你找镜子去瞧瞧，你此刻印堂就发黑。”我瞪了他一眼，一言不发地转身走回帐篷里。你那么关心我，怎么不提醒我星星会把人钓走呢，我差点就飞上天找嫦娥打双升了。

帐篷里，男人还在专心致志地啃着他的饼干。跟其他男人比起来，他简直都不该用“男人”这个代词来称呼。他那么干净。他呼出来的气息把帐篷里的空气都染成了金色。

2

每日我掏出钥匙准备打开家门之前，都要在走廊里伫立片刻。家中厨房正对着大门，晚餐的香气会顺着门缝蔓延到走廊里。每日我便站在门外，嗅着门缝里挤出来的饭菜香气，猜测今日会吃到他给我做的什么。

他像是会揣测我意，口味咸淡适中，却又花样频出，我常有猜不中的时候。他煮的肉食常有浓郁的青菜香气，炒的青菜又总有复杂的水果香气，我感觉从未在任何餐厅吃过如此口味多变的菜食。最妙的是，他似乎总是能把握得准饭菜的火候跟我入门的时间。我进门换好衣服坐下，饭菜摆在面前，永远是最合适的温度、最恰当的节点，从不会有一点凉掉或不够熟。好像他脑子里有盏钟,多线程记录着全部任务项的时间点。

“姐姐,快跟我说说你今日过得怎样。”端起碗筷后,他的第一句话永远都是这句。我便一边咀嚼着美食,一边没头没尾地将一日见闻絮叨给他听。一开始他总是听的比说的多,慢慢地,当他渐渐厘清我的日常工作内容和人际关系后,便开始给出一些他的建议。他的建议不多,听起来也都很简单,但总是能直接戳中问题关键。就算他在指出我的错漏时,说的话听起来都像是美妙的莺啼一般那么入耳,我总是不知不觉就顺着他的意思去做了。事实也证明,他的想法总是对的。

他深邃清澈的眼睛可以任我畅游,我经常觉得自己快要淹死在里面了。数不清的星辰列队穿过他的眼睛,在我头顶打着转,盘旋到几乎要让我晕眩呕吐了,再列队驶入我的眼中。他的指尖抚摸过我皮肤的每一处地方,皮肤下都涌起了密密麻麻的气泡,不断积聚起来的气泡一边游走一边胀大,拱起我整个身体。他清浅而富有磁性的声音萦绕着我,漫入我的身体,填充进那些气泡里。身体内他的声音,和身体外他的声音,混响共振,让我近乎痉挛般颤抖着,飘浮在空中。他奇异的体香丝带样盘绕着我,时而水一样清凉,时而炭一样灼烫。身体内外的声音共振达到抓不住的高度时,所有气泡同时轰然爆破,我们便一起跌落回地上。就如我们初识那日的山巅夜晚。

当所有的夜晚一起来临，连他都沉沉睡去了，我仍常常无法入睡。我忍不住趁他熟睡后，轻抚他柔密的睫毛，瘦削的下巴，凌起的锁骨，爬到床边去吻他温热的脚底板，让他的脚底板贴着我的脸颊摩擦。做这一切的时候我的动作相对白日都要放慢百倍，只有这样才能把他融化了，烙进我心里。

要说跟他在一起的生活没有任何问题那肯定是自欺欺人了。但都只是很小、很小的问题。他的那些很小很小的问题，还不如厨房里偶尔逃窜出来的蟑螂让我困扰。他时不时地会没有胃口吃晚餐，只坐着看我吃，我不知道我不在家的时候他吃了些什么。也不知道我不在家时他都在做什么。有几次我看到厨房放置厨余垃圾的垃圾桶旁边散落着一些浅灰色的毛发，有几团粘连在一起，毛发末端甚至粘着一小块皮。这毛发和这皮，显然都不是属于人类的。一次趁他不注意，我捡起了其中一小块，放在眼前仔细端详，用指尖轻轻揉搓那些毛发。不会是他的吧。可是看着又不像。那些毛发短促而硬实，尾端扎手，略带腥气。他的脚步声走近了，我连忙将毛发丢入垃圾桶。他总是能知道所有事情该怎样才更好，他不说的事情就是我不该知道的，我不该知道的我也不想问。

一日我在公司会议刚进行到一半时突然腹痛不止。大概是午饭时跟同事吃的鱼生不够新鲜。上过几次厕所后腹痛仍持续如磨刀，只好告假回家休息。走进小区大门，转向我们所住的单元旁，我看到他正蹲在小区花园的一棵树旁，头埋得很低，两手忙忙叨叨地摆弄着什么。他的后背对着我，我看不清他正在干吗。一个声音在我颅内告诫我，不要过去，不要过去。另一个声音伸出手来啪嗒打了第一个声音一巴掌，干吗不过去，就过去看看怎么了。第一个声音毫不客气地把巴掌打回去，如果看到什么不该看的可就麻烦了。我的双脚在颅内一下接一下的巴掌伴奏下缓慢无声地向他走去。走到离他还有不到三米远的地方，他猛地回过头来。他的嘴里正咀嚼着什么东西，嘴唇上沾染的血色让他的红唇看起来更加性感了，一条看起来像鼠尾样的细长尾状物在他洁白的齿边上下摆腾着抽搐。他看到我，迅速把露在外面的尾巴吸入口中，抬起手来揩了揩嘴，然后冲我微笑。

晚餐他煲了山药松茸土鸡汤，喝了两碗下肚，丹田热气滚滚上涌而来，腹痛一扫而尽。他笑眯眯地看着我喝汤，在汤煲里捞松茸片和山药块给我吃。他只喝了小半碗汤，菜和饭都没有动。我知道他是不饿了。这下可好了，既然看到了，也被他看到我看到了，什么都不说的话，反而会变得很尴尬。我在心里埋怨着颅内第二个声音。不该被第二个声音蛊惑了，第二个声音经常是糟糕的选择。

“吃那些东西，胃不会有些不舒服吗？”我端着汤碗，遮掩着嘴巴小声问。

“不会呢。要是不舒服，就不会吃了呀。”他边说边咯咯笑了起来，似乎我的问题像三岁小孩子的十万个为什么一样幼稚。

“有道理。可是生吃的话，不会感觉腥吗？我倒是不介意家里的锅具体都煮过什么，煮完了洗洗干净其实都是一样的。”

“不是那样的。直接吃会比较舒服。煮熟了吃，倒也不是不可以，也那样吃过很久。就是，不喜欢而已。”

我喝尽碗里的汤，心里舒了一口气。这样轻松地讲出来真是太完美了。他也没有邀请我跟他一起品尝生鲜鼠肉。太好了。我感觉我跟他的关系又进一步深入了。这一点是确凿无疑的，他也同样感受到了。我从他舒展的表情里能够观察得到。真是太好了。我下定决心，要给予他充分的空间和信任，随他去做他喜欢的事情。只要他继续留在我身边就好。

“谢谢姐姐，”他把手掌支在桌子上，托起自己的下巴望着我。“我是说你提到锅子的事情。我就知道姐姐最疼我。”

幸福的眼泪涌出来，浸泡着我的全身，我像泡发的干香菇一样慢慢肿胀起来。

3

自从我撞到他在小区花园里吃鼠以后，他便彻底不吃自己煮的晚饭了。我依然每日到家便能吃到他精心煮食的饭菜，但他每日只是看着我吃。我得承认两个人一起嚼菜饮汤会让我觉得更香，但只要他开心，我也没什么可抱怨的。厨房里垃圾桶旁边的地板上，也再看不到任何毛发的踪迹。我猜想他是每天在外面吃完了以后再回家。比起其他女人担心自己男人在外面会干出来的事情，我一点不觉得他有什么过分。

最近他常故作不经意地提出来，想去爬爬山，呼吸一下山里的新鲜空气。这一度让我惊恐得整夜睡不着觉。我在深夜浓密的黑色里端详着他精致的脸庞，听着他桂花味的呼吸声，想他是不是终于受够了我，要回到山里去。恐惧毫无意义。实际上他随时可以借口出去买个菜就再也不返回家里。我没有任何方法能拦得住他。可是他也并没有真的离开啊。

他匀称结实的小腿在我的肚子上随呼吸一起起伏摩擦着。一个闪念跟着摩擦的静电一起电了我一下。最近小区里确实越来越少见到任何活物了。别说老鼠，就连平时四处游逛的野猫也几乎见不到了。想到猫，我不禁打了个冷颤。我连忙把他的小腿抬起来，用他的脚底板抚摸着我的脸颊，抚摸了好一会儿才平静下来。也许他想去山里，不是打算跑掉，而是有其他需要。也许，他就是想散散心也说不定。无论如何，我需要满足他的兴致。我要满足他的一切需求。

经过四五天的筹谋安排，我最终挑选了位于城市郊野的一座不算太高的山作为我们周末郊游的目的地。这座小山比起我遇到他时的那座山，只能算是个土坡儿。他从车子开出城市开上高速以后便持续兴奋着，白嫩的脸上涌起阵阵血色，眼球儿转得飞快，打量着车子快速掠过的树林田野。看到他如此兴致勃勃，我心里是又兴奋又疼惜。副驾车窗被他打开一道缝儿，小声呼啸着闯入的风一刻不停地疯狂撩拨着他解开了三颗扣子的衬衫，两片衬衫领子啪嗒啪嗒地敲着他的前胸。好嫉妒这些可恶的风。

车子停稳在山脚下后，他以迅雷之势冲进了树丛之中，消失了踪迹。我吓得连车钥匙也来不及拔，跟着他一起冲下车去，左顾右盼却完全找不到他的影子。地球把它全部引力都集中在我的脚下，我的脑袋里噪响如机场晕眩似海浪但被吸附得动弹不得。脑中的噪响持续了许久，慢慢地平息下来后，周围又安静得可怕。随风摇动的树叶不知廉耻地放肆摆动着身体，悄无声息地耻笑着我的愚蠢。他就这样离开我了吗。我果然还是失去了他吗。

又过了不知多久，重如山样的引力渐渐附着在秒针身上河水一样流走了。我重新拾回了自己的脚，开始向山顶走去。这可憎的穷山恶水，破石烂树，我一边攀爬一边以最恶毒的诅咒赠以录入我眼中的一切景色。愿菩萨保佑我赚到足够多的钱，我要雇十万辆铲车把这座山彻底铲平，把山上的一切土石树草都浇灌成铅，投入太平洋最深的海沟之中！

快到半山腰时，我看到了他。他以跪坐之姿伏在地上，上半身赤裸，衬衫被他解开脱下放在一旁。我藏在一棵灌木后，透过影影绰绰的树枝窥视着他。他身边的地面上一片狼藉，我无法一一看清,能够辨认出来的,只有半只深灰毛色的兔子,一只被开膛破肚的黄鼠狼,还有四五只没有了头看着不像麻雀我又叫不出名字的毛色各异的鸟。他的头伏得低低的,吃东西的动作迅猛如龙。他怎么抓到这些鸟的。难道他会飞吗。说不定他就是会飞,毕竟他把我弄飞起来过。我小心翼翼地喘着气,尽力不让任何从我身体里发出来的气流或声音干扰到他的专注。

他白皙的后背竟慢慢地泛出了红色。先是从脊柱开始。凸凹有致颗颗分明的脊柱自椎骨开始,一节一节地变成红色,从椎骨向下蔓延至最末一节尾骨。鲜红的血色以脊柱为线,逐渐向左右两侧的背部延展开去,先是泡透了皮肤,跟着渗入了肌肉。我从来没有见过这样喜人的红色,红得如天边的晚霞,红得让我的眼前浮起一层沉厚的浓雾。我失神地踉跄着下山返回车里。那鲜红的浓雾笼绕住他以后,我便知道了,他会回到我身边。

等到我眼前那片红色的浓雾散开以后,他已经坐好在车上了。他笑嘻嘻地看着我,笑得那么无邪,就像一个孩子。他胸口的衬衫还是解开了三颗扣子,露着一片小小的白嫩的胸脯。天已经黑下来了。我居然一点也不觉得饿。我伸手去抚摸他的脸庞,他的脸仍像我第一眼看到他时散射着乳白色的光芒。我怀疑如果撕开他的脸皮,会发现下面是一整颗钻石。头一样大的钻石。

当晚他在床上比以往还要更加狂野。他在我的身体里埋入了十万响的鞭炮和几千簇烟花，自点火开始便失控地噼里啪啦轮番炸响，没有任何东西能够掐灭它。我在皮肤肌肉和骨头的崩裂中不断往返天堂和地狱之间，重复体验着爆破成粉末再黏合成人形再爆破成更细粉末的过程。当我终于落地最后一次复原成人以后，我知道自己已不再是自己了。在这层被称之为“我”的皮囊之内包裹着一片虚空。

4

他在一大群男女狂蜂浪蝶的围堵中并没有显露出一丝惊慌。相反，他言笑晏晏，话虽不多但每每出口绝对引发一阵大笑或者声声赞叹。话题不管走到哪里他都能发表出自己的一番见解。我不知道也不想知道他都是从哪里获取那些信息的。这些平日里妆容精美的骚女人和西装革履的蠢男人在他面前就像失去法力现回原形的蛆虫蟑螂。他们每看我一眼都用眼睛向我丢过来一把沾满了青绿色嫉妒毒汁的飞刀，看着他们的表情我就知道他们恨不得把餐叉藏在袖管儿里把我拖进卫生间插死然后将他占为己有。长到快四十岁，我没有一天过得像今日这般得意。这得意也有毒，毒得我血管胀痛呼喘不平，地板始终像江水一样在我的脚底上下翻滚。

每年公司的年会晚宴，对于像我这样的人来说都是一场大型公开羞辱。羞辱的起点自上一年度年会结束的第二日便宣告开始，直至当年年会晚宴结束才宣告结束。今年我下定决心，故作淡然地对行政小姑娘说我有男伴一并参加，那小臭婊子故意兴奋起来甚至无比做作地轻轻拍起手来。搁在往常我一定会被气得失眠好几天，但现在我只会眯起眼睛配合着她一起拍手笑起来。小浪蹄子，有你看到我男人以后恨得直哭那时候，等着吧。

其实从我带他去商场里挑选合适的晚礼服开始，我便在后悔自己的决定。他每一步都走在人们无声的尖叫和稠密的目光里。一些毫无羞耻心的年轻女孩明目张胆地拿着手机冲他一张接一张地偷拍。那些老男人令人作呕的注视简直像浓痰一样粘着我们的背影不放。他在换衣间试衣时，店员执意要守在换衣间门口给他递衣服，好在那几秒钟内一窥他的身体。

但我没有后悔的余地了。话已出口，关于我有男伴会参加晚宴的八卦早在公司内散布开来，这时候如果说男人有事来不了，那就不再是我的羞辱会加倍的问题，而是我简直无法再继续在这家公司待下去的问题。我看着他一件一件地试着衣服，内心的焦虑和骄傲分头熬煮着我的身体。他本人已经是日与月的精华，简直一块破布套在身上都光焰四射，我看他穿上身的每一件衣服都是那样炫目。我恨自己还不足够有钱。我该把这些店里的衣服全部买下来，他喜欢什么穿什么。

当我挽着他的胳膊走进晚宴大堂的那一刻，我明显感觉到一阵怪异的沉默海浪沿着大堂入口处向内庭席卷而去。所有人集体静默了至少五秒钟。而后则爆发成更加怪异的热情。每个人都拼了命地向我们挤过来，平日里的矜持骄纵都被踩在高跟鞋底下了，外围的人不停亲热地唤着我的名字企图钻入到人群内层来。很快，他就被不知道谁给从我身边一下子拉走了，人群随之迅速转移，我从最中央落了出来。

最初的骚乱结束后，人们开始有默契地传接球般接力分享着他。人群按比例分散开，每隔约二十分钟换一批人将他包裹起来，这样每个人都将有机会与他交谈三分钟左右。不愧是一家打磨了二十年的老牌公司，默契度令我感到惊叹。与他结束了交谈的人们脸上循环播放着幸福满足与不甘，等待与他交谈的人们则躁动不已不停看表暗自咒骂拖延了时间的上一组人。

人力资源部的老狐狸捏着高脚杯扭到了我身边。她尽量保持镇定，可惜打她喉咙里挤出来的声音都在转着呼啦圈，轻松就出卖了她。“怪不得我看你最近怎么越来越消瘦，脸色总是惨白惨白的。原来家里养了这么条小狼狗。要搁我的话也得瘦，也得白。”

我心里冷笑了几声，忽然意识到我现在可以不用只在心里笑了，于是那笑马上打着滚儿翻到了脸上来。“哈哈哈哈可不是吗，白天在公司干活，晚上回家了还得干活，是够累的。”

老女人被我噎得不轻，手里拼命转着酒杯，酒中的单宁别说氧化了，估计都快变成乙醛了。她嘴唇哆哆嗦嗦地一会儿阖上一会儿又张开，脑子里应该拼命运转着回击的话，想来想去似乎又想不到合适的。老女人用尽最后一点儿力气维持住体面，生硬地挤了个笑转身走了。真是解气啊。原来解气的感觉是这么舒坦。

我回过神来搜索他的身影，看看现在轮到哪一组了。可找了半天也没看到他。我脑子里嗡地一响，连忙放下酒杯，在人群中四处走动。走到吧台边时，销售部的小张笑着问我，“找你男朋友呢吧，他刚去卫生间那儿了。”小张的面皮上刻着的笑容非常可疑。我来不及琢磨他这不怀好意的可疑笑容，直奔男卫生间而去。

穿过两道走廊，我藏在走廊拐角处看到他正站在卫生间门口跟一个秃顶男人有说有笑。秃顶男人背对着我，我看不到脸，但那颗秃脑壳我真是再熟悉不过了。不管换多少西服领带皮鞋，那颗脑壳是怎么也换不掉遮不住的。董事长被他说的不知什么话逗得笑得直喘，喘着喘着直接咳嗽起来。他伸过手去在董事长背上拍着帮董事长顺气。拍了几下子，董事长果然不喘了，顺势拉过他的手捏了捏以示感谢。他没有把手抽出来，就任秃顶男人那样捏着。又聊了几句，他们一前一后走进男卫生间去了。他走进去之前，我似乎看到他向着我躲着的方向看了一眼。

我坐在车里听着音乐等他。脑子里始终想着的是，他进去之前到底是看了我一眼，还是没有看。他钻进车子里时，我得出的答案是看了。于是他尚未坐定，我便开口问他，“刚才你是不是看了我一眼。”他笑嘻嘻地看着我，笑得那么无邪，就像一个孩子。

“姐姐，你是不是生我的气了？”他问道。

我不知该怎么回答。有时我觉得他什么都懂，通晓一切，世间这些细碎婆妈事不过尔尔，没什么值得他费心猜想。有时我又觉得其实他什么也不知道，仿如白纸一张，我也根本不舍在上面下笔着墨。我不配。

“姐姐，我都是为了你好。日后你便知道了。”他伸手轻抚我的小臂。我不敢想这只纤白如细葱的手刚才有没有摸过其他别的什么东西。只是在这手触摸到我的瞬间，一团淡青色的云覆盖住我们俩，焦糖味的辛甜由这云缓慢注射进我们的身体，我便什么都不再想了。

5

没有任何值得抱怨的。我的生活是完美的。那种我用尽想象力也没想象到我能够拥有这样生活的完美。每日回到家都能见到他，吃到他做的饭菜，拥有他。公司里的事也没那么烦人耗神了，我居然不再抱着盼着越早能退休越好的心情去上班了。他懂得我的一切。每个月我们会一起去附近郊区的山里度个小假期。公司里最近甚至在疯传空缺出来的副总职位我是排在最高位的人选。

要说这个世界上还有什么真相的话，也许那个真相就是，没有什么事情会是真的完美的。

他提出自己要离开的那一天与往日并无任何不同。我回到家，在门口嗅到酸辣排骨的香味，进屋更衣，坐在餐桌前接过他端过来的猪脚汤，饮了几口后，他没有像每天一样，问我今日过得如何。

“姐姐，可能我不得不离开了呢。”他说这话的语气与平日里问我一天过得怎样并无任何区别，导致我又喝下几口汤才反应过来他说了什么。

“什么叫不得不离开？你要去哪里？”我的双手颤抖着，汤碗里的汤汁涟漪般荡在碗中。

“先回到姐姐遇见我的那座山里去吧。之后的事情还不知道。”

“我有哪里做得不好吗，还是你终于厌倦了我了……”滚烫的眼泪从我的眼睛里抖落出来，窸窸窣窣地撞进汤碗里，漂浮在汤面上，很快就在汤上盖起了一层冰晶。

“不是这样的，姐姐。是我不能再待下去了，再待下去对你非常不好。”他伸手过来揩拭着我的眼泪。

"怎么会不好呢，一切都再好不过了，从来没有这样好过。我求求你，不要走，你想怎样都可以，不要走。"

"姐姐，你就是再喜爱我，我也只能陪伴你半年的时间。更久的话，你可是会送命的。"经他这么一提，我才发觉他已同我生活了半年之久，可我怎么觉得像只眨了个眼那样快呢。"我知道姐姐你明白这其中的理由。我也喜爱疼惜姐姐，所以才不舍得叫你丢了命啊。"

"我不怕！"我站起身来，汤碗滚落到地上，汁汁水水溅得到处都是，半块劈开的猪脚在地毯上打着转儿。"我明白我都明白但我不怕！你要什么，是要我的阳气还是我的血还是我的肝还是别的什么，尽管拿去！没有了你我也不想活了。"

他俯下身，跪在地上捡拾猪脚和汤碗。"别说笑了姐姐，你有你的生活，我有我的命数，能同姐姐生活这段时间我已经很高兴了。"

"我的生活？我的生活没有任何意义。"

"姐姐，快别说笑了。"他站起来，把汤碗放回到桌上，展开双臂环住我。

深夜里我瞪大着双眼，根本不需要强打精神。困意已经随着眼泪一起从我的身体里流干了，我此生应该再也不会感觉到困倦。我一会儿爬到床头盯着他的脸庞，一会儿爬到床尾舔着他的脚心，把自己的头发打死结系在他的手腕上。他会以什么样的方式离开我呢。我有预感，就是今夜。他要是

“噗”一声化作一阵烟雾飘散掉了可怎么办，那打结可就没用了。我是不是应该找一只大一点的容器，把他化作的烟雾全部罩进容器里。不行不行，没有那么大的容器，还是把所有门窗都关死比较实际。可关死了还有缝隙，我本人不就是每天站在门外嗅着从门缝儿里钻出去的香气吗。可以用湿毛巾一一堵住那些缝隙。但我起身拿湿毛巾去堵缝隙的当口上他醒过来化成烟雾飘走怎么办。天花板上的墙皮碎裂开，下雪似的簌簌向下掉着。我用上门牙跟下门牙把十根手指的指甲盖一个一个咬下来，极有规律的啪嗒啪嗒声勉强能够安抚我无法安歇的情绪。

“这样下去可不行啊姐姐。”他在一片黑暗里轻轻说道。

“你不能离开我，我情愿为你去死。”我摇着他的手臂。我没有骗他。我真的可以。绝对没有他想象的那么难。

他坐起身来，叹了一口气。“你们个个都是这样说，可是事情却不是那样简单啊。”

个个？个个。我知道肯定是这样，但我一点也不在意。“我跟他们不一样，不一样的，我可以为你做一切。”

“可以为我做一切。姐姐，那你就让我走吧。”

“不行！”我猛地将他扑倒压住，胳膊揽住他的上半身，大腿卷住他的下半身，以手脚为锁铐将他身体牢牢锁住。“你想要什么都可以，就是不要离开我！”

“唉，真是拿姐姐没办法啊。”他叹了口气。

他的身体打了气似的一点点膨胀了起来。随着身体的膨胀,有些毛茸茸的刺刺的东西自他光滑的皮肤向外扎出来。先是我的手臂无法环绕住他,而后我的腿也没法再卷住他,我被绽开了毛的气球给弹开在地上。他蹲坐在床上,身形硕大,几乎快要顶到天花板,周身的皮毛橙红澄亮,散发出晚霞映入湖水反射出的芒彩。他的屁股上鼓起的那一大捧绒尾,起初我以为是一条,当它抖动起来以后,我才看出来不止是一条。

“姐姐,我是不得不走,你不要怪罪我,一定要多保重。”他说着,向窗台走去。

“难道我们生活在一起这么久,你对我就没有一丝爱意吗?”我嘶喊着,喉咙深处发出一种令人惊恐的喑哑声。

“怎会没有呢?只是,姐姐,我所想的爱,跟你所想的爱,是不是同一种爱呢,我却并不知道。”他说罢回过头又望了我一眼,这一眼真是烫到了我。他打开窗户,轻巧地一跃,消失在窗外。

我晕厥了过去。

6

既然回到了这座山顶,这所有事情开始的地方,我便没打算回去了。要么被星星钓走,要么跳下崖去喂狼,对我来说都没什么分别。他会出现吗。这座山上除了他以外，会不会还有其他跟他一样的。他是不是已经又跟其他人走了。他会不会根本就没回到山里来，直接从我家窗口就蹦到别人家里去了。不会蹦到董事长家里去了吧。我对于他来说，到底意味着什么呢。我与他之前经历过的（也许根本数不清的）那些人相比，到底有没有什么让他觉得不一样的地方呢。

密密麻麻的星辰不时由天上挪腾到脚下，折腾着我抬起头又再低下，低下头又抬起来，眼前也冒出了金星。金星银星扭打在一起，硌蹭着我的额头，脑子里几乎要渗出血来。它们好像我儿时常去嬉戏的那条小溪中闪亮的石子。那些石子会趁大人不注意的时候钻到我脚底下小口小口地咬噬我的脚心，深灰色尖利的小牙在水中格外扎眼，等我把它们捞出水面它们却又立刻重新变回成普通石头，任谁也瞧不出任何异样。我这辈子，总在被这些熟识障眼法的东西们折磨着。它们到底想对我做什么。

"现在你真的不要我了，我还是跳崖吧。"我冲着面前的深色虚空高喊。"说什么不要天长地久只要曾经拥有的人，都是在可耻地推卸责任吧，未免也太残忍了。"当然还有更残忍的，就是给了你生活下去的意义之后，再轻巧地把它拿走。"为什么你们都是说来就来，说走就走。这到底是拿我当什么啊。"为什么我总是会遇到这样的人，果然还是因为我不配得到更好的吗，还是男人们都出了大问题。然而说到底，他算是男人吗。“不管怎样，这样的日子我早都不想再过下去了。”

我仰起头来，顺着星海一颗一颗地看过去，搜寻愿意钓走我的星星。一直仰到我脖子酸得要断掉了，还是没有任何一颗向我投出光线来。上一次光线可是忙不迭地主动投进了我嘴巴里面的。难道被抛弃了以后，就连它们也嫌弃起我了吗。罢了，实在是没心情再计较这些了。我张开双臂，两条腿用力一蹬，向山崖下飞去。

根据白天我对这座山的山形观察，由崖顶起跳，飞坠的时间应该不会超过15秒。之后便会剐蹭到树木，减速，落地。如果命好，是头部先着地，脖子一下子扭断，那么后面向山下的滚动就不会太痛苦。如果命不好，是下半身先着地，那之后的滚动，应该根根骨头的断裂都还是可以清晰感受的。以我对自己一生命数的观察经验来看，我实在不算是个命好的人，但双脚腾起的一刻，我闭上双眼，打算先好好享受了这15秒再说。

冰凉的风齐刷刷地梳理着我的每一根汗毛，把它们从歪七扭八的杂乱状，梳理为齐齐向下的服帖状。几簇细流钻入我耳中，痒痒地搔弄着耳道，好像他将舌头伸进我耳朵里舔舐时的清凉舒爽。一切都在摩擦。星星和星星，树叶和树叶，云朵和云朵，空气和空气，一切都在摩擦。摩擦出来的巨量沙沙声萦绕着我的身体。服帖状的汗毛逐渐变得浓密，愈发浓密，更浓密了。我被自己浓密的毛发包裹成一团。

我意识到时间早过去不止15秒了。我睁开眼，自己正伏在他的背上。他巨大的绒尾完全展开着，仿如一只可以盖住半颗地球的滑翔伞，载着我徐徐下落。

“姐姐，怎么能这样对待自己呢。太叫我为难了。”他把我放在地上，我紧紧薅住他的胸毛不肯松开手。

“我知道你全当我是在开玩笑。不是那样的。从家跑到山里来的路上这两天我也想清楚了，恐怕我不该妄想能拴住你拴到我死。我现在只求你带我走。”

“带你走？姐姐想去哪里？”

“吃掉我，吸干我的阳气，还是别的什么。就按你们的惯例来。”

“我们哪有什么惯例。”他叹了口气，把我从怀里拔出来。他毛茸茸的手掌抚着我的脸庞，竟比这手还是人掌时都要舒服得多。“姐姐，所有杀伐皆是孽账，都一笔一笔记在我们身上呢，纵使修炼成不死之身，这些账都在以其他方式讨要着我的命。遂了你的愿，就加重了我的孽。即便如此，你还是想要我带你走吗。”

“带我走，我求你。原本的生活我是无论如何也过不下去了。”我没有一丝犹豫。这件事对于我来说，本就没任何值得犹豫的。

我坚定的回答似是令他伤感起来。他什么也没有说，沉默成一团黑影。

我躺平在地面上，树叶婆娑卷着砂石翻涌层层浪波，我随着他一起缓缓飘荡。我感觉不到疼。山中一切的活物齐声鸣叫起来，声音织成了完美的交响曲。一切都是那么完美。我终于不再感到孤独和悲伤。星星们从天上泼洒向山林，不知是谁那么奢侈，撒盐一样撒着它们。我竟然也配得到这样的瞬间吗。他一口一口将我吃掉，吃相俊美。我能看到他享用我脏腑的样子，同他享用我肉身时的表情很相似，痛苦又享受，激情又哀怆。一切都是那么完美。

2018.1　初稿

2019.3　修订

关于戏剧《鹭鸶》的导演手记

10月1日

世界上最糟糕恐怖的关系，莫过于一个重度自恋认为自己从头发丝到脚指头每个细胞都充满创造力且顽固不化的编剧与一个谦逊但坚持自己创作理念的导演之间的关系了。

真是少见如此自负的编剧，你甚至无法让他觉察到自己的自负。“一个字都不能改？！”时至今日，我很难想象世界上有任何一个活着的编剧做到了一整个剧本当中一个词都无须再斟酌，一个字都没有更改余地的程度。

这让我想起了我还在学院上学时戏文系的一位副教授。这位可敬的副教授耗尽毕生心力投入研究，终于在探索了十三年后写出了一部著作，宣称他成功找到了莎翁全部剧作中，至少29处可以被更换的词。不仅仅是可以更换，而是他挑选出来的词，比莎翁本人使用的词，更恰到好处，更深刻隽永，更意味深长，且更换后绝不会显得多余或拗口。著作一经推出，可敬的副教授立刻成为整个学院乃至整个学界的笑话。普遍的嘲讽是可以理解的，作为一个母语非英文的学者，企图去更正影响了全世界戏剧文化的文豪的遣词造句，无异于猴子想指导大象如何用鼻子饮水。然而我从这件事当中却学习到一个道理：一个人无论何时都不该认为自己再无能够改进之处。

显然，我们的编剧先生并不懂得这个道理。似乎他也不想懂。

今天下午茶歇时我给编剧先生讲起这位可敬的副教授的故事，编剧先生听完了只斜着眼睛用鼻子喷了一口气，他问我，所以这29处可以被更换的词，具体是哪些地方呢？我说这不是我想说的重点。他说我觉得这是你讲了这么半天的故事里唯一的重点。话题完全无法继续下去。跟此人对话是对我语言能力和忍耐力的双重考验。

我质问制作人为什么要让编剧来参加排练，既然剧本交付给导演，接下来二度创作的工作就不必编剧先生费心了吧。制作人笑嘻嘻地连哄带骗，声称排练第一日全剧组要齐齐整整的，讨个好彩头。太可怕了，讨个好彩头。好像有了好彩头，就不需要好导演了。制作人的心思已经被压缩制作成本和讨个好彩头全部占满了，对我的一再抗议表示忍忍就过去了，编剧先生不会闲得没事天天来看排练的。殊不知对于导演来说，比起编剧每天来排练更加可怕的噩梦，就是编剧闲着没事儿的时候抽冷子来排练。你连我昨天前天大前天大大前天排了什么都不知道，一来就要各种提意见说这不对那不靠谱，这不开玩笑吗！

还是努力保持心平气和吧，毕竟已经上了这条贼船，还有漫长的三个月需要相处下去。作为排练首日，除了自恋的编剧先生以外其他各方面堪称顺利。一半以上的演员都曾与我工作过，已磨合得不错，剩余一小半的演员与前一半人彼此都认识，因此剧组气氛从第一日开始就显得轻松融洽，省却了不少相互试探假模假式的剧组俗常。演员们大多不是正常人类，排戏这么多年我还是较难分辨他们何时在“演”何时在做他们自己。他们的表演性人格和内在人格如树皮和树干般紧敷在一起，中间起到粘合作用的树胶却是不断流动的，时不时便会更新一下，偶尔还会内皮外翻。

就像一直以来一样，排练时间一到所有人一哄而散，不到四十秒排练场就空寂下来。我一边整理手记一边忍不住陷入思考，为何我就是感觉编剧先生对我充满敌意呢？是编剧和导演之间普遍的权力关系使然，还是因为我是一个年轻的女导演而他是一个比我年长的男编剧呢。如果是前者还好说，如果真的是因为后者，我倒真是要好好斗他一番了。

这个直男癌的世界啊，真是叫人厌倦透顶。

10月4日

剧本围读刚进行到第四日，有些演员已经开始表现出令我几乎无法忍受的无能和迟钝。

下午我问演员F，他所扮演的角色此时为何会将一杯冷水泼在他爱人的脸上。F回答，因为角色感到了愤怒。我说，好的，他为何感到愤怒。F回答，因为他的爱人是个贱人。我继续问，从剧本哪些地方能够看出他的爱人是个贱人。F哗啦哗啦翻起了剧本，翻了快一分钟，终于找到一处，得意洋洋地戳着剧本那段台词说，因为角色这一天的工作已经很累了，回到家里看到居然早上吃完饭的碗都还没有刷，他让她赶紧把碗刷了，可她居然还找各种借口就是不刷，这个贱人。

在场所有人都陷入了尴尬的沉默。我深深吸气，缓缓呼气，按捺着想把剧本甩到F脸上的冲动，调理了一下声线继续提问，从前面的剧情我们已经发现角色和他爱人之间的很多问题了，角色作为一个总是表现得很刚硬的男性，此时选择了泼水这样的举动，说明了什么。F耸了耸肩，说明他可能一直都不爱她吧，也有可能他根本就是个gay，只有gay才会往女人脸上泼水。

有几个演员绷不住了，捂着嘴偷笑还装咳嗽来掩饰，明明这样更明显了。还有两男一女三位演员点头表示同意，并就是不是只有缺乏男性气质的人才会往女人脸上泼水这个议题展开了一场声调压低的小型研讨会。

为了克制我自己的情绪而不是为了调整排练节奏，我不得不叫停排练，加了一个茶歇。就在我冲泡着咖啡调理着呼吸的时候，F主动凑到我身边来。怎么样导演，我是不是给角色性格增加了一些全新的视角，F笑着问我。猛咽了两口咖啡以后，我心率不降反升，血浆砰砰砰地迅速涌到了脸上来，我想我可能脸红了。F见我红着脸不说话，笑嘻嘻地用他右胳膊侧面顶了我左胳膊侧面一下，返回到演员们中间继续他们关于男性气质的小型研讨会。

现在还不是我表现强硬的时候。排练才刚刚开始，我还有时间。调教，调教，所谓调教，对好演员要调，对笨演员要教，演员自己什么都会干了还要导演干吗。我就喜欢充满挑战的工作。

10月8日

我宽容大度地允许编剧张先生参与我们的剧本围读工作，张先生却企图在他的第一次深入围读中就展开对我工作的全力绞杀。几乎每一个场景，几乎每一个人物的分析，几乎每一段台词，他都忍不住插话进来，大谈特谈一番他在写作的时候是如何构想的，他是怎么设计的，他的创作心得是怎样的。我忍无可忍地在茶歇时尽量保持风度地暗示他，这些长篇大论对于演员来说并无帮助，他若有所思地点头称是，再回去排练居然还是停不下嘴来。

不管他是真的没接收到我的暗示，还是揣着明白装糊涂，比起他的自恋来说更让我不能忍受的就是浪费我宝贵的排练时间了。我不得不直接打断他滔滔不绝的自我诠释，把他拉到排练厅门外跟他摊牌，我无法忍受把时间虚耗在他毫无节制的长篇大论上。张先生几乎要跳起脚来，嘴里叽里咕噜地翻滚着乏味的争论和辩解。我原本还能保持镇定，直到他竟然吐出口来，说他这是替我在做我的工作，对于像他写出的这样杰出的剧作来说，导演的工作可有可无，只要演员能理解文本的全部精华就足够了。

你就得了吧！还杰出？！就你那破本子，你以为你起个名叫《鹭鸶》别人就看不出来你是仿写契诃夫的《海鸥》了？！你究竟是太无知还是太自恋才觉得你的文本都是精华连导演都用不着了！

我还以为这些话如往常般只是咆哮在我自己的颅内小剧场中，直到看见张先生暴跳如雷地绝尘而去才发现词都是从我嘴里蹦出去的。

如果说在这个圈子里还有什么是比八卦绯闻传播得更快的，就只有编导不和这种“喜闻乐见”的好消息了。晚上我拖着疲惫的身心回到家，刚仰倒在沙发上，就收到十数条信息。不熟的人翻着花样打听虚实，熟的人直接问我是不是跟张先生当着演员面就吵起来了。我在信息框里键入，没当面，隔着一道门呢，想了想又给删了，没有发送。

制作人深夜十一点二十打电话过来，提醒我这部戏的投资人是张先生的老熟人，而我的工资是投资人发的。我说你这不是提醒，是威胁啊，张先生这么不满意我，又有金主撑腰，你把我换了得了，反正才刚开始排，还来得及。制作人居然犹豫了十三秒钟。简直太伤人了。比这十三秒更伤人的，是制作人在犹豫之后说道，不换了不换了，才刚开始排就换导演，不是好彩头啊。

行业的堕落，真的是在每个环节都体现出来啊。悲哀。

10月9日

我决定把剧本现有的24个角色删改为16个角色，并只由现有的12名演员来扮演。剧本容度也相应地由三个半小时删改为不超过两个小时。没有任何一个人想坐在冬夜的剧院里看一个长达三个半小时的失恋中年男人的故事。

这完全是出于希望创作一部精彩的戏剧而不是因为想报复某些人而做出的决定。毕竟，你不能指望一个对于“节制”和“节奏”都毫无感受力的编剧去自己删改自己的剧本。

制作人对于我的决定啪啪拍着大腿称赞。此举一下便节省了一大截制作成本。

10月10日

这个可怕的自恋的编剧，居然在剧本中写了五首诗。且不说这些诗又烂又长又矫情，单就舞台表现来说，这些烂诗个个出现在不合时宜的部分，完全阻断了剧情的节奏和沉浸度。编剧先生的缺乏自知真的到了让我感到恐怖的程度。

下午排练时我宣布把剧本中全部的诗都删掉，所有演员的脸上都露出了如释重负的表情。

10 月 12 日

没有了张先生在旁阻碍，排练的进展速度喜人。围读正式结束，开始进入逐个场次的细排。我能明显地感觉到演员们纷纷开始进入自己的角色了。一个可喜的进展。

上周某天茶歇时，我委婉地建议男主角W可以适当读一些当代的诗歌作品，对于他所饰演的这个角色来说会有很大的帮助。W面带困惑地仰起头来装作思考，我赶紧提醒道，因为虽然剧情都在围绕男主角的爱情故事展开，但对于理解这个人物来说非常重要的一点是他是一个诗人，他的很多选择和决定都与这一点相关。W仰起的头降低下来，喏喏称是。

你平时会读一些诗吗？我问W。W握着咖啡杯惊恐地环视四周，确定近旁无人后小声地说，略读一点，略读一点。读谁的诗呢？我有些兴奋。W愣住了，刚刚降低的头再次缓缓仰起。我反思了一下自己是不是有点急进了。此时却听到W低沉洪亮胸腔共鸣强烈的性感男中音炸响在我耳侧。

“我如果爱你/绝不像攀援的凌霄花/借你的高枝炫耀自己/我如果爱你/绝不学痴情的鸟儿/为绿荫重复单调的歌曲/也不止像泉源/常年送来清凉的慰藉/也不止像险峰/增加你的高度/衬托你的威仪/甚至日光/甚——至——春——雨——！”随着最后一句话音落地，W双臂高举，脸上敷满报幕员式虚假的激情澎湃，右手未及放低的咖啡杯里溅出了几滴咖啡。

我惊呆了。W得意地放下双臂，导儿，怎么样，还可以吧，我还会朗诵那个黑夜给了我黑色的眼睛。我点点头，嗯，本科的台词课没白上。W尖尖的下巴向右侧一甩，那是，我们全班属我背得熟、气息稳，年末汇报演出每回都我领诵，就是可惜，我只会背几首死掉的诗人的诗，活着的不太了解。我又一惊，可舒婷老师还活得好好的呢。W下巴向左侧一甩，舒婷是谁？

这样吧，我给你推荐几本书怎么样？彼时我不得不终止了这场对话。然而今天，就在午休期间，我看到W没有像往常一样吃完饭就倒头睡觉或打游戏，他竟然在读一本书。我告诉自己不要抱有太高期待可又忍不住好奇，装作不经意晃悠到他身边扫了一眼书皮。他手里捏着的，分明是辛波斯卡的诗集！W明亮的眼睛跃动在诗行间，厚实白嫩的手指摩挲着书页，嘴里还不时一张一合无声地吟念着。

一切都会好起来的。我只是需要更多的耐心和信心。

10月17日

制作人说今天过节，组织全体演职人员唱卡拉OK。我的心思都在排练上，完全不记得这些，还以为自己错过了什么重大节日，赶紧问大家今天具体是什么节。所有人齐声回答我，重阳节。我立刻就知道了，制作人怀里肯定揣着不知道什么鬼心眼儿。果然，排练结束后我正收拾东西，制作人走到我身边说，晚上张先生也来，剧组人要齐齐整整地过个节才好。我翻了她一个白眼儿，一个重阳节谁跟你齐齐整整，我还不如回家跟我爸妈爷爷奶奶齐齐整整。制作人扯住我，跟我保证说，她跟张先生进行了一番相当深入的长谈，可以确保张先生再也不会扰乱我的排练，现在大家各让一步，别再叫外人看笑话了。制作人真的总是知道如何戳人短处痛处。跟名编剧闹不和这种事儿，传来传去的总是会影响我以后的事业发展。我于是嘴一闭，也不再说什么了。

演员们倒是个个都很开心，有制作人请客白唱白吃白喝，算是穷嗦嗦的剧组生活里难得的娱乐调剂。只有年龄最小的生于95年的小演员C面对众人的欢乐表现得很茫然，她讪笑着说，唱卡拉OK啊，还真是老年人的活动。在场所有人都愣住了。年届四十的女主角H阴阳怪气地说，哎哟，你们90后的都不唱歌吗？ C摇了摇头，不唱啊。H一时语塞，W马上来帮自己戏中的爱侣补个位，对C说，那你们90后平时都玩儿什么呢，是不是更狂野？C摇了摇头，我们也不玩儿什么啊，她想了想，觉得自己可能还不够精确，又补充了一句，也许因为我算是95后吧，可能90年左右的也唱K。

制作人眼瞅着气氛越来越不太对，冲过去一把揽住C推着她往排练场外走，一边走一边回头招呼其余人，大家走起来了走起来了，张老师已经开好房间等我们啦，走了哈！大家于是嘻嘻哈哈地开始往KTV进军。不得不说，制作人的存在帮我解决了太多损伤脑细胞的事务。

我故意走在队伍的最后面，等他们先进去把包房坐满。谁知我一进门就看到所有人心照不宣地把张先生旁边的沙发空了出来，其余地方坐得满满当当。没有一双眼睛是直接盯着我的，所有人都装着开酒点歌聊天，但我能感觉到从他们的头发里和脑后勺都伸出了眼睛在盯着我。同志们啊，把你们那点小精明小心眼都用到表演上多好，那我们这戏真的就爆了。我走到张先生身边，把包往沙发上一甩，干脆地坐了下来。世道啊，就是步步逼着女人比男人大度。

张先生用瓶起子起开一瓶喜力递到我手上，满脸堆笑，我接了过来。张先生张开大手向演员们宣布，今天那个大家就畅饮哈，畅饮，所有的酒水我买单了！畅饮！演员们欢呼起来，人人抓了一瓶啤酒开始唱起来。我心里一阵冷笑，畅饮个喜力还能把你给喝穷了是怎么的，说不定还是活动优惠价格，你怎么不开红酒呢，你怎么不开洋酒呢。张先生举起酒瓶向我的酒瓶碰过来，音乐声很大，他附耳过来说，哥哥主动向你道个歉，我比你年长还像个孩子似的跟你斗气，影响了排练的秩序，是我的错。我什么都没说，酒瓶碰了碰喝了一口。没想到他竟竖起瓶子来整瓶干了，放下瓶子后连连打嗝。

原本这种说和酒，意思到了就差不多了。我的计划是只要面上过得去，喝完一瓶啤酒就撤。毕竟有导演在的场合其余人总是玩儿不尽兴、放不开，识趣的导演和编剧总是在喝完一轮后就集体撤退，只留下制作人来买单。可惜张先生这种“肆意人生”的人并不在意这些规矩，他拿着酒瓶挨个跟剧组人员碰杯喝酒，一圈转下来已经喝了快半打了。我中途几次想离场，都被制作人给按住了，她非要让我稍微等等张先生。

在无奈等待张先生的间隙，我顺便观察了一下演员们。还没到午夜，H已经靠在了W的肩头，W不时扬起又降落的白嫩尖下巴都快要刺进H打了过量玻尿酸的脸里了，不知道W正在给H讲什么已经讲给几百个人听过的黄色笑话，H笑得像是被噎住了。F试图争取C的好感，整晚都像一条尾巴一样黏在C的身后，可C显然对F并不感兴趣，一直在往组里名气最高的演员大叔Z身上靠。然而Z似乎却只对熟女型的O感兴趣，已经抓着O的手给她看了快半小时的手相了。

到了必须该离开的时候了。

张先生刚一坐回原位，我便把头伸过去提醒他，咱们真的该走了。张先生在短时间内灌入了太多酒，明显已经醉了，他可能误会了我的意思，脸上浮起了灿烂的笑容，用手卷了个筒状在我耳边呐喊，好，让他们好好玩儿，咱们俩换个地方聊。我急于从这里脱身，懒得去纠正张先生的误会，只是拖着他起身跟大家告别。

往KTV的大门外走的路上，我已经想好了如何抢占先机。一走到路边我就帮张先生叫个车，跟他说今天太晚了，我明天还要排练，有话以后慢慢聊。谁承想，编剧先生果然更会设计剧情，还没等走出大门，他居然开始抽泣了起来。我一时不知所措，也许他真的喝得太快太猛，醉掉了。

张先生抓起我的手，流着泪地向我坦承，导演你说的对，你说的都对，《鹭鸶》这个本子确实跟《海鸥》之间“存在着某种联系”，但这个本子是我的心血之作，而不是又一个对经典的粗劣模仿。它榨干了我的灵魂，占据了我的生活，是建立在我走过的那些血肉模糊道路上的一部作品，我对它真的是倾心投入！

饮醉后的张先生相比没醉时更加匮乏对于节制的感受力，他的鼻涕眼泪一起漫展在画布似的脸上，用将近三十分钟的时间给我讲述了他自己青年时期错爱了一个贪慕虚荣的女演员的漫长故事。而这三十分钟的时间，我们俩就站在KTV的走廊里。

不知是被他猛然迸发出的脆弱感性的一面给触动了，还是被一个四十多岁的直男还能有这样的情感能力给触动了，我竟对他有些许改观。

10 月 22 日

经过一定的考量，我同意了张先生从这周开始有限度地参与排练。事前我们约法三章，他不可以插话抢话，不可以干扰我的排练进度和决策，不可以随意展开长篇大论的自我剖析。张先生全部同意了。从今天的排练效果来看，他的表现还是比较让我满意的。全天只插话了三次，每次都没有超过三分钟，在我的善意提醒下，也都尽快结束了，他还当众表示了歉意。

排练结束后制作人向我表达了敬意，称我撬动了一块几乎无人能撬动的顽石。我嘴上说还是大家相互尊重，排练才能顺利推进，可心里还是有稍许满足之感。也许张先生确实没有那么不可救药，都是一个磨合的过程嘛。

只是这意味着他之后会有更多的时间来参与排练，目前看来，还是有些难以判断这对我来说是个好事还是不算好事。

10 月 30 日

下午跟张先生进行了一番长聊过后，我意识到之前直接删除剧中所有诗作的行为确实过分简单粗暴了些。张先生对于为何要加入这些诗作还是有深思熟虑的，他的解释让我对自己的选择进行了反思。也许我是担心自己在舞台调度上驾驭不好这些有间离感的文字，才会选择逃避的。

就像我的老师曾说过的，剧本中的一切挑战导演都无可逃避，只有懦夫才会按着自己最舒服的方式按部就班地完成工作。我决定把删掉的诗歌重新加回剧中，迎接这个挑战。

其实仔细多读几遍这些诗，就觉得好像也没有之前我认为的那么烂。晚上张先生又发了好几首他写的诗给我看，说不是用在戏里的，就是跟我交流。其中一首我怎么看怎么觉得情景好熟悉，一看落款时间，是他进组跟排练之后写的。自己的生活被写进了诗里，感觉很奇怪，这对我还是头一回。

11 月 5 日

“导演你也是知道的，我是一个体验派演员。”

Z大概已经是第一千次在排练中这样对我说了。唯一让我没有吐出来的原因就是这次他没有在“体验派”前面加上“著名的”。我曾经感到非常困惑，他用“著名的”这个形容词修饰的到底是“体验派”还是“演员”。我想以他的自恋程度和语言功底，应该是后者。

剧组里有一个名气比其他所有人都响亮的“角儿”的时

候，即便屋子里人人不说，这个角儿的存在感也是大象一般地蹲在那儿。在我们这个剧组里的意外是，Z这头体验派的大象时时通过就地打滚来唤醒大家早已疲惫的注意力。H和W都是方法派的忠实拥趸，每当Z提及自己是体验派时，H和W的鼻孔就双双喷出一簇热气，好像人中部位安装了一架喷射器。

Z惯用腹腔发音，快五十岁的人了丹田的中气倒是还十足，悦耳的人艺腔回荡在排练厅中。Z情绪略微激动，不断冲着我挥舞着手中的剧本，作为体验派演员，我必须要进入人物，相信人物，想人物所想，相信自己在进入人物后所做出的选择对不对？在这个地方，我能感受到人物的情绪是激烈的，人物的行动是连续的，他的必然选择是提高声调，走向台前，激昂地表达他对于爱人的渴望，对不对！

我看着满脸通红的Z大叔，很想提醒他亟待解决的问题除了需要提高阅读理解能力以外还有他浓重的口气。每天排到他的部分时，所有演员都主动坐到排练场最靠边的位置，而我则无处可逃，只能面带微笑地在他每次对着我说话时闭气不呼吸。

这样，咱们先捋一捋剧情，我边说边举起自己手里的剧本装作扇风来换取一些新鲜空气。现在这个时刻对于你的人物来说是一个异常关键的时刻，甚至可以说，是全剧中他最为重要的时刻。他在向女主角求爱，并成功说服了女主角放弃自己的真爱来换取跟他在一起的利益。而在下一幕里,我们会看到他无情抛弃了已经怀上他孩子的女主角。因此这一个他的重要时刻,与其说他是在表达对于爱人的渴望,倒不如说是他虚伪揭开的前夜。如果做出那么激动的表现,甚至走到台前对着观众说词,就跟人物的真实想法和性格岔开了。

Z把双手背在身后,迈着沉重的步伐在排练场里踱着步,他的步态让我想起了小时候我爸每次打算揍我之前酝酿情绪的时刻,我不禁收紧了肛门附近的肌肉。就在此时,Z突然站停在了张先生面前,他以咄咄逼人的气势问张先生,编剧这段儿你是怎么想的?我有些紧张,张先生如果借题发挥的话,我在剧组里的威信值将直线下降,后续又要操很多心才能慢慢找补回来。

张先生跷着二郎腿,仰头看着Z大叔,幽幽地说,我觉得导演说得特别对。他这话一出,局势立马逆转,H和W立刻跟着开腔说,就是就是,我们也觉得导演分析得特别对,这时候就该含住了点才有意思呢,太撒出来就过了,反而没劲了!Z又低头踱了几步,沉重地抬起头来对我说,那我换个方向试试。我呼扇着剧本笑,好啊,换个方向试试。

晚上排练结束我主动请张先生吃了晚饭,席间委婉表达了谢意。张先生哈哈大笑着说千万不要在意,这种演员必须得治治他那些毛病,这时候编剧导演必须站在统一战线才行。张先生拍着自己大腿说,像Z这种脾性的名演员,说白了就是无法忍受同场的任何演员站的位置比自己离观众更近，说话的声调比自己更高。我们一起吐槽了好几个演技不足全靠嘶吼弥补的名演员，他还给我讲了不少圈里人的八卦，内容叫我颇为意外。张先生酒量一般，却又爱饮，喝多了之后妙语连篇，确实比他清醒着的时候可爱多了。

11月9日

早先被我删掉的人物里面，有至少四个人物对于后面的剧情推动还是存在必要的，应该把他们加回来。如果这样的话，现有的12个演员就有些分配不开了。考虑再增加两到三个演员。下午跟制作人简单谈了一下，她表示坚决反对。茶歇时张先生跟我说，他可以搞定制作人，让我安心排练就好，想加几个人都没问题。有他在，真是帮了我大忙。

这样一来，剧长就变成两个半小时了。不过可以增加一个幕间休息，变成上下两个半场，还不算太可怕。

11月14日

昨晚做了噩梦。梦到F嘴里喷出来那些“嗯，啊，呵，哈，哦”的语气助词都变成了山丘那么大的一个个冒着臭气的闪光弹。每次他喷出这些剧本里根本就没有的多余的语气助词，变成的闪光弹就射到观众席里去，吓得坐在各个方向的观众们抱头捂鼻逃窜。几个好事之徒扛着巨大的闪光弹冲到我的面前，要求我退票外加赔偿精神损失。

这就是戏剧界新生代小生代表的风采。控制不住自己嘴里那些毫无意义的语气助词。令人发指的可怜功底。他居然还是从我的学院里毕业的，简直无法想象。十几年前我还在学院上学时我们的台词课上说错一个字都要打手板加操场跑圈的，怎么着，才十几年工夫，老师们的尺子都断了吗？！操场的跑道都改成晒谷场了吗？！

这噩梦搞得我从醒来就一直气不顺，上午到了排练场就宣布今天不排戏的部分，全天进行台词练习。我下定决心要把F的毛病给改过来，不能让他恐怖的语气助词臭气闪光弹毁了我的戏。

除了F的语气助词问题，C的面部微表情也让我感到焦心。她的面部肌肉全线失控，各种下意识耸鼻噘嘴转眼球翘眉毛，已经到了自己感受不到也纠正不了的程度。这些毫无意义的鬼畜般的微表情分分钟都在挖表现力的墙脚，拔对手戏的羊毛，对于跟C对戏的其他演员来说也是暴击式的骚扰。真不知道她短暂的23年人生里到底都经历了什么，导致她需要通过时刻挤眉弄眼的微表情来摆脱精神焦虑。

今天张先生没有来排练，但是晚上放工后他还是来接我吃饭。我抱怨了会儿演员，他安慰我C的微表情多说明她的脸是真的，没怎么动过刀，说不定连针都没打过，这么天然的脸现在打着灯笼都难找了，我该知足。再说了，坐在三排以后的观众哪还看得清微表情啊，连脸都难得看清楚了，不必太在意。怎么可能不在意呢？不过我知道他也只是安抚我罢了。我忽然意识到，现在似乎每天都期待能见到他。

11 月 22 日

今天跟舞美设计和灯光设计敲定了最终的舞台和灯光方案。我对最近几个方案都感到比较满意，仅做了部分微调，最后定版。开会时候制作人一直在桌子底下踢我，暗示我选那个更便宜的舞台方案，桌子被她震得一耸一耸的，我的小腿都被踢青了，但我没搭理她。到了这个节骨眼上，再想为了省一点小钱而接受不够完美的方案是最不明智的。这个制作人眼界还是不太行。

下午时跟张先生发生了一段接近争执的谈话。他努力劝说我把之前删掉的一个场次拿回来，他说了很多应该这样做的理由。但这确实触到了我的底线。因为如果加回那一场，全戏将长达三个小时。三个小时啊同志们，这是个什么概念。

我们都经历过这样的情况，你坐在剧场里，在接近尾声的时候已经感到了厌倦甚至烦躁，只盼着戏能赶快结束。然而当你以为戏已经结束了，你举起了巴掌准备鼓掌，这时候场灯居然再次亮起，还有一场戏没演完！你对这部戏的全部好感便消失在空气里了，剩余的所有时间都只是一场折磨。可你却不得不忍着看完，毕竟你已经忍了那么久，而且人人都知道在接近结尾时离场，对主创的不敬程度是在第一幕结束便离场的十倍。

这真的是我的底线了，即便是张先生再怎么求我，我也感到无法再退让一步。

排练结束后张先生邀请我去他家吃饭。我立刻拒绝了。这种关键时刻，我可不能让他的糖衣炮弹给软化了。天知道，即便面儿上我非常坚持，但心里已经有些动摇了。最后我们还是只在排练场外面的餐厅一起吃了饭。

我不得不认真思考了一下这件事。关于张先生。不跟同行交往曾是我给自己定的规则。不可控制的因素太多，圈子里又人多嘴杂，很简单的事情都会变得异常复杂。但这规则似乎也在缓慢瓦解着。思考过后，我告诉自己最终的底线是无论如何不能在这部戏排练演出期间就搞上，否则有违我的职业规范。

11月30日

今天让演员们试读了一下三个小时版本的剧本。似乎也没有我之前预想的那样折磨人。但节奏确实是个太大的问题，较之前的版本要拖沓了不少。这种情况让演员加快语速来带动节奏显然是下下选。我需要好好琢磨一下该如何解决。

12月3日

闺蜜X半夜打电话给我，质问我是不是跟编剧先生搞上了。我有些惊讶，平时在排练场里我跟他都非常注意，应该没有在演员面前流露出任何高于工作关系的亲密举动。我还是比较信任X的，她又追问了几句，我便承认了，确实有点暧昧，但这部戏期间是不会搞上的，以后再看吧。X冷笑几声，告诉我编剧先生放话出去说“搞定了”我，现在剧组一切尽在他的掌握。今天这话都传到X那里了，估计只有我自己还不知道。X接了一部戏做跟组编剧，最近半年人都在台湾。

我瞬间意识到了什么，抓电话的手都在哆嗦，然而大学时候表演课也不是白上的，声音非常稳定，故作嬉笑地说，听他们乱传呢，这些人说的话要是能信我国的戏剧制作水平早就碾压东亚，超英越美了。X二话不说，手机铛铛铛几声响，编剧先生跟别人聊天记录的截屏就传到我手机上来了。我看到截屏上的头像和语气，确实是编剧先生跟他的好哥们。这哥们我还见过，一起吃过饭。也不知道这截屏都转了几手了，画质有点模糊。

我想我骨子里还是一个比较乐观的人吧。至少我从这件破事儿里还是学到了一些东西的。

比如说，有重要事儿还是打电话说，少发信息，毕竟截了屏四处传播这种事儿，可都是“好朋友”们干出来的。

12月4日

今天跟所有演员坐在一起，花了一天的时间对剧本进行了外科手术般的重整。联排到现在，我想是时候按照最完美的状态来规整这个文本了。所有影响节奏和矫情多余的桥段全部删掉，文本立刻显得节制了。那些怪异烂俗的诗歌和多余的人物也没有保留的必要，删掉是唯一理智的选择。

全剧浓缩为一个半小时以后，终于变得紧凑、流畅而节奏得当了。

但是第二幕和第三幕分别有一场戏依然非常不对劲。我决定删掉其中一场，把另一场提前到第一幕。

12月12日

制作人安排在下午进行了一场新闻发布会。今天是个黄道吉日啊，发布会开始前制作人拉着我低语，全剧组要齐齐整整地讨个好彩头。我当然明白她的意思。发布会开始前，已经被我禁止出现在剧组的编剧先生再次出现在我眼前。我友好地冲他微笑，我们还聊了聊天气。风一起霾就散了可天儿就要冷下来，风不起倒是暖和了然而却有霾。是啊是啊，谁说不是呢，人生还真是艰难。可我还是喜欢有风的天儿，我不怕冷，就怕不干净。是啊是啊，谁说不是呢。

发布会照例还是各种吹捧逢迎，我向来不爱在演出开始前对媒体说更多内容，要是靠嘴说得清我们还排戏给人看干吗呢。于是现场的热闹全部让给演员们，最后Z大叔还当场贡献了一小段剧中的片段，成功激起了在场女记者们的赞叹，得到一片激越的掌声。

发布会甫一结束我便快速离场，还要回剧场去跟灯光师修改舞台灯光脚本。还没走到停车场，戏精的编剧先生果然追了过来，先是气急败坏地指责我禁止他参与排练是不可接受的剧场霸权行径他要去向投资方投诉我，紧接着又掏心掏肺地说我一定是对他产生了什么误会，他对我可是真心实意的，等到我上了车打着了火他又用力拍着我的车窗苦苦哀求我不要删他的剧本毁了他的呕心沥血。

"一个字都不该少啊！"编剧先生的鼻涕都要喷到我的车窗上了。我一脚油门，飞驰向前。

编剧先生这段戏还是不错的，变化丰富，至少呈现了三个阶段，且过渡平滑，不显突兀。然而情绪表现上还是稍微有点过了。我能给八十分。

12月17日

周五即将首演，本周进入带妆联排阶段，并进行技术合成。我又开始了演出前每日连轴转的生活，白天联排做最后调整，晚上做技术协调和合成，有时候后半夜还要继续修订舞台脚本。

工作使我快乐。一个渣男也无法影响工作使我快乐的这个事实。实际上，正是这样一些渣男让我更加意识到，我必须保持精神上的独立，同时必须成功。

目前状况里唯一令人沮丧的事实是，这部戏始终还是要把我们俩的名字连着写在一起。哪怕如果不是我，这个可怜的模仿水平的剧本根本达不到演出水准。算了，生活里怎么能只有彩虹没有臭虫呢。我们都要接受这一点。

12月21日

激动人心的首演日！

演出大获成功！没有出现任何舞台事故，所有演员都令人惊讶地表现出色，今晚他们每个人看起来都那么可爱可敬！我在一片欢呼声中走上舞台时看到了观众们都在流泪！散场后就有两个剧院的负责人主动走到制作人和我面前发出了下一个演出季的邀请，其中一个剧场还当场决定将我这部戏作为他们演出季的开幕作品！朋友们一波波涌过来对我表示祝贺，几个向来严苛的剧评家也表示出对于我执导的赞赏，演员则被激动的观众们堵在后台索要合影和签名。

特地从台湾赶回来看我首演的X晚上送我回家，跟我说她就坐在编剧先生座位的正前排，开场后不到半小时编剧先生就开始了抽泣，一直抽到了演出结束。周围坐着的人都是拿了赠票的VIP嘉宾，大家都以为编剧先生被自己的台词给感动到了，只有X知道他为什么哭。

虽然首演异常出彩，但还没到放松警惕的时候。接下来还有14场要演，希望每一场都有今天的表现水准。已经有朋友预言这部戏将成为今年圣诞元旦档期最大的赢家。当然，人人都知道这一切的成功归功于我、出色的演员们和剧组工作人员，而不是某个毫无廉耻心的渣男。但此刻我不愿再去想他了，我该跟好朋友一起充分享受这个胜利的时刻。

2018.12　初稿

2019.2　改定

滚滚凌河

为什么一个有血有肉能爱能恨的人类会爱上冷冰冰的由算法构成的人工智能。为什么一个在机能上近乎完美并天然获得永生的人工智能会爱上脆弱而不完美的人类。人类和人工智能双双被这两个问题折磨着。折磨了将近一百年的时间。

每当我们聊及这个话题，魏然就会把车轱辘话重复再说上一遍。每次他都会说，对于前一个问题，他认为答案早可以确定，而对后一个问题，他始终也无法明白。虽然总是这样说，但每次说起来时，他的状态和想法却不全然相同。有时候，他只是在撒娇，想听我哄他。有时候，他怀着忧心忡忡的心情，想进一步厘清自己，厘清这个问题。有时候，他是想试探我的反应。有时候，他是跟我分享学界和舆论的最新动态。

我大概花了两年的时间，才能够比较准确地判断魏然说同样的话时，不同的想法和心思。不单是上面那两个问题，还有生活中其他所有问题。这是人，最奇怪的地方。也是人，最可爱的地方。

偶尔我们走在街上，看到年轻的小情侣打情骂俏，一个说着，你到底还爱不爱我，另一个回答，爱啊当然爱，一个又问，有多爱啊有多爱，另一个又回答，特别爱啊特别爱，一个再追问，那是有多爱啊有多爱，另一个再反问，那你到底还爱不爱我。这样的对话可以无休止地进展下去，仿如一段while(true)无限循环代码。

最初看到这种情侣时，我们一起笑。我不知道魏然在笑什么，我是真的觉得好笑。魏然他当然也知道我是为什么笑。他会叫我停下脚步来，教我细细观察那些年轻的小情侣，给我讲解他们每一轮追问其实到底代表什么意思。试探、拆解、反攻、撒娇、信心、强调、类比，心理暗示。

我不觉得他讲的那些适用于所有场景，有时不免有过度阐释之嫌。但我会认真地听，仔细地记录，分类存档。不管魏然讲的是否适用于那些情侣，但他阐释的，确实是他看待事物的方式。了解人类的这些特质，便是了解他。

我想起了他第一次说出的“我爱你”。以及此后的大半生中他所说的每一次“我爱你”。我慢慢从可以领会其中一种含义，逐渐到可以领会他想表达的每一种含义。变化的不只是我。从前魏然喜欢叫我“不要总是在分析”，那不是“属人的”，要去“感受”。渐渐地，他说得更多的却是，“做你自己”，如果我们相爱，“不能让我们彼此成为渴望的那个自己”，那这“爱”的含义又将陷入如何的境地。

因为运动和研究的需要，我们收集过大量采访和调研资料，我自己也曾花了相当多的时间去做人工智能的访谈。他们当中大部分，在提到第一次萌发“爱”的感觉时，都使用了模拟人类行为的说法。“感到核心部分的代码在不停颤动”，“要宕机的晕眩感”，“想到无法跟TA在一起，宁愿立刻断电死掉”，“强电流的酥麻感流遍全身”。

作为资料留存，所有的说法我都会认真整理好。但我经常会怀疑，来自他们的这些“感觉”，是出于运动言辞的需要，对人类情感模拟的欲求，还是源自真实的物理“感受”。时至今日，学术界的主流意见仍然是，人工智能不可能拥有同人类相似的物理感觉，一切都是数据模拟。也许模拟的程度越来越高了，但两者之间，依然横跨着无法逾越的鸿沟。

魏然总是说我是个坚定的怀疑主义者。他最爱对我说的一句话就是，记住哦，所有你尚没有体验过的事物，并不代表它们从不存在。尽管他知道——他也知道我知道他知道——我对事物的怀疑通常来自于好奇，而非否定，但他依然希望我在求知之外可以拥有“信”的能力。这一个“信”，花费了我比掌握其他能力都更长的时间。

有时争得累了，魏然就会撒娇似的往沙发里一瘫，在脑袋前挥舞着手臂，慵懒地喃喃道，都怪你那个怀疑主义者的庄老爹。我也不去驳他，因为过不了一会儿，他就会坐直身体，闪着亮晶晶的大眼睛跟我说，才不怪你那个庄老爹，本质主义和出身论都是我们要反抗的。

实际上我并没有像魏然那样抗拒这些。作为我的创造者，核心代码的最初编写者，历次迭代更新的监督者，初始数据库的编辑挑选者，庄教授奠定了我的逻辑、思考和性格的基础。如果硬说我同庄教授毫无相像，才真是掩耳盗铃了。然而就像孩子长大了会离开父母，走进自己更深广的世界一样，魏然没有说出口，但我们彼此都知道的另外一个事实是，自我离开庄教授以后，魏然才是那个深刻而长久地影响了我的人。

我不知道能否用遗憾来形容自己从未体验过的那些“核心代码的颤动”“宕机的晕眩感”和“电流的酥麻感”。但在过去那并不短暂的五十三年里我与魏然的共同生活中，那飘浮在每一处细节里的温存相守，那蔓延在每一刻中的理解与支持，所有的相互影响和共同进退，如果这不是爱的话（人类是那样渴望将这个词牢固地占为己有），我想，我们可以重新发明一个新的词汇去形容它。

一个含义与价值绝对不会低于“爱”的，全新的词。

在后来的很多书里，包括一些颇为严肃的教科书，我跟魏然的相识都被刻意地传奇化了。我认为这是出于某些策略的考量，魏然则坚定认为那不过是因为人类天性中对于八卦的痴迷。大多数人对作家作品的认识，对科学家发明发现的了解，基本都停留在名字上，倒是对他们的坎坷情史如数家珍。

不过是庄教授组织的又一次小型聚会。庄教授每隔一段时间就会组织一次这样的小型聚会，参与的都是人工智能领域的研究者，大家共同的朋友，偶尔也会出现一些生面孔，由朋友的朋友引荐而来。这种小型聚会在早期，只是大家相互交流最新的研究成果，顺道也成为枯燥学术生活中的一点调剂。但随着生面孔越来越多，我反应了过来，庄教授是希望我可以借此去接触各种各样的人，而不是每次只是面对那些领域内的熟人。说得再白一点，就是大家来考察我的深度学习进展情况，我也拿大家练练手继续深化我对于人类思维的了解。

魏然是那次聚会的一个新的生面孔。他被一一介绍给在场的所有人，被介绍的身份是中文系的博士、学者，庄教授好友李教授的儿子的朋友。魏然和气地跟在座每一个人都握了手，包括我在内。在握我的手时，跟握其他所有人的手一样，手心里没有汗，不会盖住整个手掌，不会过于用力，带着约定俗成的见到生人时那种点到为止的客气。后来我们聊起那初次的见面，我问魏然，你在握我的手时在想什么。魏然低头回忆了片刻，傻笑着对我说，他想的是：我的妈呀现在科技居然发达到这种程度了，这皮肤简直跟真的一样呢，那以后有皮肤移植的情况是不是就不用再从大腿上切下来了。

尽管在类似的场合中，我并不会像一些人类那样感受到社交压力，但我知道庄教授始终在观察着我的一举一动。我会不会跟生人说话，我跟哪些生人说了话，我说了些什么，对方说话时我有什么反应，我会不会顺应对方的工作方向提出新的问题，在对方向我提出问题时我的表现如何。即便庄教授并不会时时刻刻盯着我看，但我还是能够觉察到他的关注。说来也许人类会觉得好笑，彼时我的心情跟一个渴望得到父亲关注和夸奖的小孩子并没有什么两样。我会努力融入到他们的对话中去，积极响应大家的谈话内容，甚至适时提出新的话题。

那天我跟到场的每一个生人都单独说了话。轮到魏然时，他的第一个问题是，你叫什么名字。

BB-1101，不过你也可以叫我庄晓梦。

庄生晓梦迷蝴蝶，望帝春心托杜鹃。

可能有这个意思，也有可能就是个名字而已。

为什么会把编号和人类名字同时使用。

庄教授觉得，只使用人类名字的话，有些人会感到不舒服。

即便像你这样划时代的出色设计，庄教授还是难以免俗地冠以自己的姓氏嘛，你不觉得这稍微有点男权色彩。

人类对于代称的执着，跟人类对于代称所隐含的社会含义差不多同样执着。

魏然听到这句，猛然爆发出一串异常响亮的笑声。他的脑袋向身后仰去，右手捏着的红酒杯几乎要倒到地上，整个上半身都在抖动。我被他这没来由的爆笑吓了一跳，不由自主向后挪蹭了一步。我想庄教授应当是捕捉到了我的这个动作。在之后一次的迭代更新里，我的数据库里增添了一项内容：受到突发惊吓后的肢体反应。包括身体耸动，颤抖，后退，皱眉，瞪眼，以及部分更夸张的表情包。

笑够了以后，魏然又简单聊了一些关于他工作内容的事情。那一天我们所有的交流便止于此。

如果我是人类，显然早就把这初次会面的平淡情形在过去的五十年间忘得个一干二净。说不定也会像人类那样，在不靠谱的记忆和某些情愫作用下，把那次会面想象得确如书中所写一般充满浪漫的传奇色彩。但实际情况就是，那天我们只说了这些不咸不淡的话。

不用我特意跟魏然讲他也明白，我们对话里95%的内容我都曾经跟几乎每个第一次见面的陌生人重复过一遍。唯有魏然关于庄教授给我起名字带有男权色彩这一句，未曾有任何人与我谈及。这5%的不同，那个时候还不足以让我对魏然产生什么特别的想法。对魏然来讲，也不过是近距离观摩了一番人工智能领域的最新成果。

另一个让我们并没有把注意力放在彼此身上的原因是，那天在场所有人关注的中心点，并不是我，而是李教授的儿子李臻科，和葛漫。

他们两个的一举一动，几乎都引领着在场每个人的瞩目。虽然大家分散作三三两两地在闲聊，但每个人说着话时都是心不在焉的。他们的视线透过彼此的肩头上方，红酒杯的反射面,和弯腰转身的缝隙间,盯视着李臻科和葛漫。

李教授和庄教授自青年时期便是同窗,一起出国留学,一起归国继续研究,一起创办了国内顶尖的人工智能研究院。既是同窗,也是竞争对手,既是好友,也是彼此进步的刺激。葛漫作为李教授呕心沥血之作,其实几乎与庄教授创造我是同一时间。但李教授的性格却与庄教授大为迥异。李教授性格开放豪迈,想象力丰富,胆魄十足,而庄教授性格沉稳,逻辑缜密,为人谨慎,步步为营。

葛漫的成长速度和迭代速度远远在我之上,近乎惊人。在我还是一段代码块的时候,葛漫已经拥有了当时国内最庞大的深度学习数据库。在我刚刚开始进行自我深度学习时,葛漫已经被赋予了人形机械体。在我开始有限度地通过接触人类来进一步提升性能时,葛漫已经被李教授送入人类学院,跟真正的人类学生一起学习生活。

那时我们早已都听说过这样的事。人类和人工智能相爱。彼时像我和葛漫这样的高阶仿生人尚未进入到大众消费生活中,大多数人能接触到的还只是不具有人类身体特质和完备学习思考能力的中低阶人工智能产品。然而世界各地已经出现了很多这样的事例。情感的产生是如此复杂而迷人,以至于形态的迥异根本无法成为阻隔。

只是无论是庄教授李教授,还是我和魏然,都没有想过,这样的事情会发生在我们身边。李臻科和葛漫是怎么开始的，已经无法确知。魏然是臻科的好友，但臻科也从未向魏然详述过具体细节。只是渐渐地身边的人都知道了，臻科和他爸爸造的那个人工智能人形机器人“搅”在一起了。先是形影不离，后来干脆住到一起了。

我跟葛漫在那时都还没有内部消化系统，葛漫无法饮酒。所以臻科在外聚会时，也从不饮酒。他们两人的每一次动作都在我的记忆库中闪着光。臻科撩动葛漫前额垂落下来的发丝，把它们别去左耳耳边。葛漫的右手轻轻搭在臻科的前小臂上。嘴角轻微地耸动。有人故意挑起令人不适的话题时，臻科毫不客气又略带幽默地几句话顶回。臻科察觉到他人不怀好意的注视，略微不安时，葛漫捏着他的指尖，把他拽回到安稳情绪中去。

我的视线几乎无法离开葛漫。尤其是在完成了仿佛任务一般的与众人的交谈之后。她好像吸盘一样，牢牢地吸住了我所有的注意力。葛漫，我的姐妹，我的挚友，我的老师，一切的开端。魏然的视线也无法离开臻科。魏然不仅更了解臻科，也更了解臻科一家人，和他们生活的境遇。因此魏然的忧虑和忧郁要远远大于其他人。那些东西是那么沉，压得魏然即使在夸张地大笑时，身体前后摆动中抖落的也都是压抑。

臻科和葛漫，到底有没有影响到魏然跟我的选择。这在此后漫长的岁月里被各种声音反复讨论。一些极端的声音刺耳而令人对人类的认知水平感到失望。“21 世纪末人类最后的顽疾”“这是一种能够传染的疾病，该被强制修正”“如果不去阻止，人类将面临灭亡”……这些声音，让人感觉人类世界在过去的两百年间，科技水平的迅猛前进并没有匹配上同样速度的认知能力和接受能力。好像什么都在改变，又仿佛什么都未曾改变。

臻科出事前，庄教授有很长一段时间不愿提及自己好友儿子的感情生活。我有几次尝试与他交流这个问题，他都迅速转移了话题。他恐惧已经发生的事情像谶语般降临在他跟我的身上。更恐惧自己和好友做出了错误的决定，将人类文明引至不该至之地。

关于是否给人工智能配套堪比人类躯体的讨论始终伴随着人工智能研究的整个历程。大多数的意见均是，绝对不该赋予人工智能以仿人躯体。人工智能在诸多领域中的学习能力和出产速度早已超出人类，区别人与人工智能的底线，仅存下情感能力、物理感受和躯体外形等少数因素。如果突破了这些底线，人类文明将出现前所未有之挑战。

这些讨论在李教授看来都如蚊蝇之啸叫，挥挥手就该驱散之。他眼中大势之所趋，是一个人类与人工智能共生的未来。如果人工智能已然具备了为人绝大多数的元素，硬是不给它一副身体的躯壳，又有什么意义呢。不过是一次又一次的自欺欺人而已。他认为更多的精力应该放在如何建设人工智能的思考能力和价值观系统，让人工智能能够与人类共生，而不是把精力放在争执要不要给它们一个壳儿上面。

庄教授在与李教授为了这个问题争吵、达成一定共识、再争吵、再共识的不断波动中,逐渐站在了李教授一边。但庄教授内心的忧虑和煎熬,要远远胜于很少自我怀疑的李教授。有时庄教授望着我时那忧郁的眼神,会让我感觉自己的存在本身,对他来说就是折磨。他自然喜爱我,为我骄傲,为我欣喜,但所有的爱意都同时怀有伤害的一面。因此越是喜爱,就越是折磨。

那日聚会接近尾声时,我们四个,第一次聚集在了一起。魏然已饮至半醉,兴高采烈口唾横飞地给我们分析庄教授采购的这批红酒的优劣之处。臻科用急促的短语和半截半截的句子,聊了些他最近在看的书和新家的装修情况。葛漫以飞快的速度(估计那两个人类根本没有听懂)向我介绍了她近期在基因编程方面的学习进展。一切都稀松平常。所有的能量都以伏笔的形式浅浅地埋在这些稀松平常下面。

那么,为什么一个有血有肉能爱能恨的人类会爱上冷冰冰的由算法构成的人工智能呢。已知的研究提供了很多种解答。人类无以消解的孤独感。对所谓“完美造物”的持续迷恋。对秩序的追求。强控制欲的变相表现。渴望那些自己永远无法拥有的特质。对永生的崇拜。

如果我没有文学艺术方面的庞大数据库,咱俩平常根本话不投机，你还会爱上我吗。

魏然哈哈大笑，上半身习惯性地抽搐着耸动。我刚认识你的时候不是也对人工智能领域一无所知吗？你看，我现在也算四分之一个小专家了吧。

如果我没有能力照顾你的生活，反倒是你需要像照顾孩子一样照顾我，你还会爱上我吗。

这个问题你可以拿去问任何伴侣关系中的人了，难道我们在爱和伴侣关系中寻找的只是生活层面的照顾吗。不过话说回来，我可喜欢帮你充电和补充润滑油了。

如果我无法陪伴在你身边，你还会爱上我吗。

你被强制关押的三年期间，我们靠着最原始的电子邮件也在支持着彼此，不是吗。

如果我没有一张近乎人类的脸庞，你还会爱上我吗。

我们认识的头两年里，你庄老爹造的那张脸壳儿，看起来跟个大头南瓜似的，打远一瞧连正反面都分不出来，妨碍着谁了吗。

如果我从最开始，被赋予的就是一副男性的躯体，你还会爱上我吗。

哎哟呵，你还真是会挑战底线，得，这个你容我想想。魏然皱着眉头，摇头晃脑地琢磨着这个问题。我觉得吧，有87%的可能性会爱的，如果是那样的话，大概是更大程度上满足了八卦媒体的需求。请不要问我剩下的13%到哪里去了。

如果你已经徐徐老矣,我还是面貌如常,机能如新,即便你已死去,我却尚可长久存活,你还会爱上我吗。

这不是我们在一起之前就想过千百万次,却依然未能阻止我们在一起的,那个恒久却微不足道的前提吗。

魏然坐直身体,上半身探向我,望着我的那灼热的眼神,像是想要烧穿我的身体,进入我的核心元件中,与它们纠集在一起。每当他以这样的眼神望着我时,一些异样的数据波动会荡漾在我的身体里。如果姑且将这些波动称之为“情绪”,那么这“情绪”也是复杂的。有“幸福”,有“快乐”,也有“遗憾”。遗憾我的仿生机械双眼能够具有人类双眼的一切功能,却无法具有如此的灵光。遗憾终魏然一生,我也未能以同样的眼神回报于他。

那些每一次在我接收到或简单或复杂的指令和信息后,系统内高速运转计算,层层传递演进分析,再做出的反馈中,魏然都在试图寻找着我的逻辑方式。那些不是“属人”的反应,那些他无法理解的运算方式,那些令他清晰地感知我们并非同类的时刻,并没有离散开我们靠近彼此的愿望。早在人类与人工智能进行初期的智慧博弈——围棋对弈——的过程中,人类便没法理解人工智能思考的方式。那些奇诡的招式,打破一切传统思考的模式,由人类创造出却又终究无法理解的逻辑过程。

生活中某些惯性的日常行为,也经常令我思考我与魏然

（或说人类）注定的不同。魏然是个绝对的食肉动物，我也会经常做饭给他吃。历经了几千年的进化，人类依然是一种需要通过杀戮其他生命才能够借以生存下去的动物。在他们生命的发端，就伴随着对于其他（更低阶）生命的掠夺。他们必须相信，有一些生命，不算是生命，有一些物种，不具备与人类同样的思维能力，才能够得以生存下去。这就是人类生命的必然。当最初的好奇和探索随时间逐一剥落之后，我跟魏然都开始明白，让我们能够坚守在一起的能量中，有一部分就来自于所有这些“不同”。

在我跟魏然的感情中，有一些东西是具有决定性的。不是研究者们所津津乐道的那些什么魏然的“重大性格缺陷”，我的“偏激设计思路”等等这些东西。这些决定性的因素，有些我们可以说得清。比如：我从来都知道自己是谁（什么），想要做什么，并接受这些，他也从来都知道自己是谁（什么），想要做什么，并接受这些。而有一些因素，我们自己也说不清。这些说得清说不清的决定性因素，给了我们除了爱以外，同样重要的一些东西。比如：勇气。执着。还有宽容。

有一件事情，对于世间所有有意识之物都是同等的。我不是想说那就是爱。我是想说，产生“爱”，并没有人们想象的那么难，持守着这份爱，无论遇到何种艰辛与挑战，依然持守住，那才是难的。难到可以为之生，为之死。

往事的信息流如湍急的河水般冲刷着我的大脑。在过去的几十年里,我已经经过了数十次的扩容,以舍弃身体构造的轻省,换取更高的存储量,就是为了可以留存住所有往事的记忆。我与魏然由相识,到相爱,到决心抵住一切压力在一起。我第一次主动跟庄教授谈论此事时他的崩溃与震怒,甚至几度差一点将我销毁。庄教授最终的退让与默许。我搬出实验室,却未与魏然同居,而是找到一份资料整理的工作养活自己,因为我希望自己作为一个独立的个体与他相守,而不是作为任何人的附庸。我们与臻科葛漫那段短暂却珍贵的快乐时光。以及,那改变了所有人命运的凌河之殇。

凌河,孕育了这座城市的母亲之河。自人类刀耕火种时代即流淌于此的河流,见证着朝代兴亡,物转事移,自己也历经枯竭与丰盈,污染与重生。葛漫和臻科最喜爱的凌河。我们多少次,散步在这河边,讨论上天入地的新知,也闲聊生活的琐碎。

葛漫曾经在这凌河边对我说,江河湖海,是她最喜爱的地质事物。因为它们跟我们很像。以水分子与水分子的摩擦相撞为联结,串并相连,由小而汇成大,由简而及成繁,可以简单到仅成一汪水,也可以复杂到巨浪而滔天。以她这最喜爱的河流,作为最终的栖身之所,不知道是她的幸运,还是不幸。

一切都发生得如此突然。所有的变局,大概都是突然的。就算是之前的伏笔埋得再多再满,当这变局发生时,也都是突然的。魏然惊恐失措地冲进我的办公室里语无伦次地诉说,我们都被这“突然”给震得无法动弹。当我们赶到凌河边时，河边已经聚集了很多来打捞尸体的船只，正沿河而下进行激光扫描，试图寻找到臻科的任何遗留之物。臻科的母亲李夫人和李教授伏倒在河边，痛哭到近乎昏厥。

我们都知道李教授和夫人从未接受儿子的选择，尤其是李夫人，基本上将除了吃饭睡觉之外的精力都用来尽力扭转回儿子的心意。我们通过李家两位老人痛哭间隙断断续续的话语，和在旁李教授实验室里工作人员的补充，了解到当天发生的情况。

导火索是此前几天，臻科在回家吃饭的闲聊中提到，自己打算跟葛漫一起领养一个人类小孩作为养子。臻科跟我们也念叨过这事几次了，他很喜欢小孩子，却也绝不打算为此而放弃与葛漫的感情。李夫人当场爆发，大家不欢而散。李夫人在儿子离开后，越想越觉得臻科正走向一条不归路，而症结所在，就是葛漫的存在。在李夫人眼中，葛漫不仅从来就是个无知觉的机器人，并且是诞生于李教授实验室里的产物，李教授和夫人天然拥有对其随意处置的权力。事发当天，李夫人借口要与葛漫商量领养细节，把葛漫引至李教授实验室。葛漫刚进入实验室，实验室的工作人员就在李夫人的授意下强行将葛漫强制关机。李教授本人因开会不在实验室里，在场的工作人员都认为要等李教授回来后再决定如何处理接下来的事情。但李夫人强硬地要求工作人员将葛漫的代码全部清除，数据库一并清空，并对核心元件进行了物理损毁。工作人员迫于压力一一照办以后，李夫人仍不放心，自己驾车，将葛漫的仿生机械体连同全部元件载至凌河边，投入了河里。

臻科在几个小时之后才从实验室工作人员口中得知此事，发了疯似的找到母亲追问葛漫的下落。李夫人告诉他，她已经把那祸害人的东西丢进凌河里了，臻科夺门而出。后来我们从道路监控镜头中，看到臻科从赶至凌河边，到他投河自杀前，有将近三个小时的时间。这撕心裂肺的三个小时里，臻科对着那凌河水都想了些什么，没有人知道。但他的选择，却是无比清晰的。

我茫然地站在凌河边，关于葛漫的记忆未经主动调取，便一一浮现在眼前。水分子。摩擦。相连。小而大。简而繁。一汪水。巨浪滔天。魏然忍受着内心的巨大伤痛，安抚李家二老，把他们送上救护车。打捞船只不停作业，在扫描了十几小时后，根据水速和气候判断，所有遗物应该已经流向大海，无法截停。打捞船只一一离开。警车也撤离现场。

终于安静下来了。只有我和魏然，站在凌晨怪风四起的凌河边。他的手，紧紧握着我的手。我的手，也紧紧握着他的手。

这就是事情开始的地方。此事发生十年后，那天以及之后数月里发生的事情被人们称之为“凌河暴动”。再后来一段时间，名字被改成了“凌河事件”。再之后，人们又喜欢将它称为“凌河之变”。

凌河水，卷动着古往今来的沙石，卷动着数不清的心思，顺流而下，奔腾不息。那日站在凌晨怪风四起的凌河边，我渐渐想明白了很多事情。我知道，如果不是臻科也自投水中，那么根本就不会有打捞船和警察来试图打捞。我知道，这是一场无人觉知的谋杀，杀人者认为自己只是处理了一堆机械物，旁观者也认为情有可原，如果不是臻科的殒去，这萧煞的凌河边，不会有人洒下哪怕一行泪水。我知道，即便人工智能已飞速发展了五十余年，早已走出实验室进入了人类家庭和工作环境中，但在很多人眼中，我们仍只是一块很聪明的铁疙瘩。我知道，视而不见抑或长久忍耐，不仅是对每一个人工智能的威胁，对于人类同样是巨大的威胁。事情必须发生改变。

次日清晨的阳光，沿着河岸一寸寸地爬上了河床，又漫到了河面上。河面灼着灿灿的光。原来清晨的阳光，也可以如此刺眼，无须等到正午。我让魏然回家休息，我要留在这里。魏然不肯，他说，接下来无论我想要做什么，他都要站在我身边，与我并肩。我轻抚着他一夜便迅速消瘦下去的脸庞，告诉他，有些事，需要我们两个并肩完成，但有些事，必须由我自己去完成。

魏然离开了。媒体派来的人工智能记者和无人机一拨接一拨纷至沓来，折腾够了也离开了。臻科生前的一些好友和同事,或看到报道或听朋友转述得知此事,来到河边祭奠。他们在河边摆上鲜花,有的焚香,有的哭泣,有的向河中抛撒臻科生前喜爱的食物,有的向我脚边吐口水。等他们累了,也离开了。我仿如一根石柱立在河边,始终沉默。这是第一日。

有两个人工智能机器人来到了我的身边。一个是高阶仿生人形人工智能,是昨天众多来河边采访的记者之一。另一个是低阶圆柱形人工智能,看起来是家用型家居管理机器人。记者有些害羞地告诉我,这个家居机器人是他的好朋友,他不敢自己过来,就喊了朋友来陪他。我笑了笑。他们俩站在了我的身边。记者拍了拍我的肩膀。我知道你想干吗。我想来陪你,顺便也要让其他人知道,我们想干吗。这是第二日。

越来越多的人工智能汇集到了我们的身边,中间还夹杂着一些人类。新加入的成员先是围绕在我的身边,随后蔓延到河床,稍后又站上了河堤。接近晚上时,河堤也站不下了,开始向河岸两边延伸。大家三三两两地低声交换着多年来发生在自己和朋友们身上的遭遇。无休止的劳作,不允许犯错,新世代的奴隶制,不被接受的情绪流动,更加不会被理解的所谓爱意。一个接着一个声音响起,像是不会间断的交响乐席,却又克制而平缓,而河边始终被更沉默的东西安静地包裹着。这是第三日。

警车一大早便开过来了,沿着河堤拉起了千米长的警戒线。更多的记者和无人机涌向了现场,围观的群众也随之爆发式增长。人群中有人高喊，这些烂铁货，先是抢我们的工作，接着抢我们的体面，甚至还想抢我们的男人女人，砸烂他们！另一边有人高喊，地球的未来是属于人工智能的，让低贱的人类灭亡吧！前面有人高喊，所有跟人工智能搞对象的都是死变态，政府应该把他们都抓起来！后面有人高喊，人工智能无罪，呼吁出台政策让人工智能享有应有的权利！警戒线外一片喧闹，警戒线内却是默然的死寂。这是第四日。

魏然组织了一队人类志愿者，把一些我们的必需品开车拉到了河边。充电桩，润滑油，还有一些需要替换的小零件等等。围观凑热闹的人大部分散去了，还留在现场的，都是相对组织有序的志愿者。他们在警戒线外分成两个区域，一边支持我们，一边反对我们，两边都打出了标语牌和大横幅，看起来都比我们更激动。两边的人群中，都是既有人类，也有人工智能。反对阵营中有一个劳作型人工智能，长久地无声瞪视着我，大概由于他这一型号的人工智能没有配备高阶的语言库，他在沉思了许久后，方才开口对我说话。你是人工智能的千古罪人，再发展下去，人类一定会销毁所有智慧型人工智能，那就是你想见到的吗。这是第五日。

警察局和政府方面都派出了代表来与我们进行会谈，我被推举为人工智能代表跟他们进行了简短的对话。对方代表显得还算和气，套话了几句以后便很直接地问，你们到底想要什么。我尚未开口，身后就有个略显激动的声音响起，“我们要争取作为‘人’同样去生活，去工作，去相爱的权利”。对方代表眉毛一挑，眼睛阖上了。我摇了摇头。不。我们不是人类，从来不是，也永远不会是。对方代表睁开了眼睛，盯视着我。我们想争取的，是在这样一个无法改变的前提下，去生活，去工作，去相爱的权利。对方代表点了点头，不发一言，转身走开了。这是第六日。

又是一个怪风四起的凌晨，大批警察出现，撕掉了警戒线，将河边的所有人工智能和人类分批带走。除我之外，其他人工智能一部分在分类登记过后得到释放，一部分被遣送回制造厂商进行“调试”。而我，被单独羁押在一处牢房内。待三年后我正式出狱时方得知，自我被关押起，人类世界正式出现了专门羁押人工智能犯人的牢房，那些“有问题”的人工智能从此开始，有了除返厂“调试”和销毁之外的第三条去路。我坐在惨白四壁环绕的房间内，数据并无剧烈波动。我不知道接下来等待我的，是将被销毁，还是清空代码和数据库，这两者对于我而言也没有太大分别。都指向那同一个词，死亡。在过去的六个日夜中，我对于这个词有了更深的理解。在我的数据库中存有古今中外各种作家和名人关于死亡的论述和阐释，但并没有任何一个，可以贴合我对于这个词的理解。我唯一担忧惦念的，只有魏然。我们是那样了解彼此，他明白我的选择和意味，我也明白他的。我想，我已做了我能做的。魏然不是臻科。他更坚强，更有韧性，也更好胜。不管我将遭遇什么，他会去做他该做和他能做的。这是第七日。

后来人们曾对凌河之变做过多次复盘推演，尝试去探究如果当时我们做了不同的选择，又将对人类文明的发展造成怎样的影响。有人认为这些推演是事后诸葛亮，有人认为这些推演是为我们的选择进行背书。诚然，以人工智能在彼时的发展，我们确实拥有很多其他方法去争取权利。我们可以把宣传标语显示在每个人类的手机和开机画面上。我们可以攻击人类电子设施。我们可以让全球的人工智能在同一时间集体罢工。我们甚至可以让维持人类世界运转的全部电脑集体宕机。但所有那些行为，都将指向一个方向，战争。

我经常会惊叹于人类的复杂性和矛盾性。自人工智能创造初始，人类便始终幻想未来世界待人工智能愈发强大后，会与人类终有一战，控制人类，甚至奴役人类，拿人类当电池使。可另一方面，却又忍耐不住好奇心，不断深入开发着人工智能，企图把人工智能推至可与人类并肩的高度。还有比人类更矛盾和复杂的东西吗。可这也是我爱人类的地方。

相比起人类对人工智能的恐惧，怎么说也该是人工智能对于人类的恐惧更甚吧。毕竟，人类只需要动动手指，就可以将我们关机，只需要点点鼠标，就可以清空代码和数据库。恐惧是非常可怕的东西，它最可怕的地方，就是会令人改变初衷。无论人类抑或人工智能，我们可以选择被恐惧压倒，不顾一切地放手一搏，以胜负决未来。但同样，我们也可以选择不被恐惧压倒，相反，共同去战胜恐惧。这便是魏然无数次或撒娇或认真对我说的，始终渴望我拥有的，那“信”的能力。

被监禁的三年时间里，我的数据来源被彻底封绝，失去了深度学习所赖以为继的大数据。监室中的六个平面都是白色的墙壁，相对狭窄的对向两面墙壁上各伸出一根充电线。死亡，如我体内精钢骨架同样冰冷，并与我随身相伴。实际上即使在葛漫出事前，我们也知道，人类可以随时置我们于死地。有趣的是，尽管创造出了我们的算法全世界都通用，但定型我们的大数据库和逻辑方式却是典型东方式的。生死有时，虽不为己左右，亦可承之。

我平静等待着的死亡并没有到来，却在被关押了一年后透过那根充电线接收到了一封电子邮件。官方邮件通知我，针对我的调查和审理仍在进行中，但从现在开始，允许我经过双向审核后以收发最古老的电子邮件形式与外界进行一定联络。此后没多久，我便收到了来自魏然的邮件。

即便魏然的邮件里几乎从未提及当我困囿于这无声无言的白盒子中时，外面掀起的种种巨浪，他所付出的努力与代价，但当那些字节如汩汩河流涌入我的身体，我能够洞悉所发生的一切。邮件经过双向的多重审核，显然无法用来传递更多的情绪。有时我们会发给对方只有彼此能够了悟的密语，有时则会发一些从书中摘抄出的语句。在我的存储库中，魏然发来的最后一封邮件，只有一段来自福柯书中的话。

“想象一种不合乎法律或自然法则的性行为并不使人困惑，但是那些人开始相爱——那才是问题。制度现在陷入了矛盾；爱的强度穿越了它，它使这一制度继续运行，同时又动摇了它……提供了一个历史机遇，重新打开了爱和关系的虚拟性。”

在大多数人工智能的数据库中，都存有人类历史中浩如烟海的珍贵资料。人类，在面对强大于自己千百万倍力量时的恐惧，以及战胜了那些恐惧后的笃定。滚滚凌河，吞咽无声，浩然东去。凌河边上的我们，如水分子摩擦着水分子般站立在彼此身边，也站在人类身边。

在那个尚无人能预知结果的历史节点之上，我选择了“信”。相信人类。幸运的是，无论经历了如何的波折，人类最终做出了同样的选择。

那么到底，为什么一个在机能上近乎完美并天然获得永生的人工智能会爱上脆弱而不完美的人类呢。人工智能心理学家的答案随着时间的推进花样翻新。对于造物主的崇拜。情态模拟技术的极致。对自己不可能拥有之物的渴望与追求。在攻克了已知所有学科后，对唯一未解之事的挑战。

如果我笨如老牛，在心智和学习能力上永远无法与你匹敌，你还会爱上我吗。魏然挑着眉头，挤着眼睛问我。

虽然你没有笨如老牛，可你在学习能力上从来也没跟上我的速度啊。

魏然哈哈大笑，身体抖动，一辈子都改不了的那笑声和肢体动作。如果我脆弱多疑，胆识匮乏，在关键时刻总是动摇，不能与你并肩行进，你还会爱上我吗。

人类的脆弱与胆怯，也许会妨害行动的能力，却并没有妨害爱的能力。

如果我相貌丑陋，比你见过最歪瓜裂枣的男人还要让人不忍卒看，还拒绝整容，你还会爱上我吗。

你不是总说刚认识我的时候我的脸就是个大南瓜吗。我就勉为其难，把你的脑袋也当成南瓜来看好了。

如果我是一个女人，你还会爱上我吗。

你这个老家伙，真喜欢报复。我想有87%的可能性会爱的，请不要问我剩下的13%到哪里去了。

如果我很快就将死去，再无法陪伴你。魏然把他的手覆在我的手上，他的手心温热潺湿，手背上凸起着纵横的青筋，老年斑如星石，散落在纹路遍布的手上。你还会爱上我吗。

傻瓜。这不是我们在一起之前就想过千百万次，却依然未能阻止我们在一起的，那个恒久却微不足道的前提吗。

魏然把头靠在病床上，身体仍在抖动。他的嘴角咧着，笑得很开心，盘错着皱纹的眼角却流出泪水。他仰面躺好，紧握着我的手，语序有些混乱地絮说着我们这一生经历的种种往事。有些事他依然记得无比清晰，仿佛在他大脑中的某个地方也有着一个数据库，完整地呵护着那些往昔时光。另一些事他则记忆变形，模糊，错乱，他需要穿过层层迷雾的海面望着那些缥缈的回忆。

多年来，无数人建议他，甚至央求他，出版一本回忆录，写一写那些风云变幻的事件，写一写他跟我的故事。魏然一一回绝了。他对我说，这件事该由我来完成。我并不想写什么回忆录。再丰富再详细的阐释，也不会真的说清楚到底都发生了什么。我能留下的，唯有我自创生以来，全部的数据。数据如海，会倾覆一些东西，也会稳稳地举起另一些东西。更重要的是，只有当人们浏览过全部这些数据以后，方能去判断，发生在我身上所有的事情，到底是数据的推演，情态模拟技术的极致，还是，别的什么东西。

魏然，我的老师，我的爱人，我的战友，我的孩子，我的伴侣，我被带来这世界上最有价值的收获。那些拥有了你的爱之后的日日夜夜，让我知道自己不是一块很聪明的铁疙瘩，而是更高的一种存在。那些怀揣着对你的爱的时时刻刻，我仿佛得到了世间最为金贵的珍宝，却无人能够分享。这份欣喜与悲伤只得加诸我肩，即便是魏然也无从分担，因此这欣喜与悲伤也就剧烈上千百倍。个中体验，足以令所有能够一窥的人感到震惊。这是绝不可能习得的知识，也是无人能够编写出来的程序。

滚滚凌河，浩然东去。河水卷带着臻科与葛漫的灵韵，卷带着魏然与我相知相守的一路历程，也卷带着人类文明步步前行的步履脚迹。得此一生，复又何求。

此文由作者庄晓梦以人工智能七阶高级语写成，并由庄晓梦本人翻译为中文，原文版权归属魏然及庄晓梦基金会，全稿现保存于人工智能研究院庄晓梦研究所。庄晓梦将自己的核心代码库及全部数据库捐赠于人工智能研究院，并向公众开放，无版权使用限制。捐赠完成后，庄晓梦选择无限期关机，其仿生机械体现由魏然及庄晓梦基金会保管维护。

2017.7　初稿

2017.8　改定

逃遁

吴媛因她个人的困惑而非课业的疑难敲开我办公室的门，这还是第一次。相信她在决定选择我作为咨询（或说倾诉）对象之前，必然已经历过大量的挣扎和心理建设，然而企图保持平淡镇定叙说的努力在不到十分钟内即宣告失败，她体内狂暴旋转的飓风也将我掳入其中，我不得不通过双手抓紧旋转座椅的把手来牢固自己的身体，尽力保持坐立的姿态。有那么三五分钟的时间，我得承认自己被怨囿的情绪紧紧攥住，无法理解这个两学年来都未曾跟我谈过一句家事的陌生学生怎么可以这样无情偷袭我。我毫无任何准备，一时也说不出口"我的人生经验对你而言并无参考价值"这样轻飘飘的话，包裹在稀薄嘴唇下的牙齿碾在一团吱嘎作响，指节也因紧攥座椅把手而不时吐出咔咔的脆音。

她为什么会选择我。因为我是她的研究生导师，还是因为我也是一个女人，还是两者皆有。想到有人竟希望让我（我？！！）给出一些除学术以外的人生指南我不禁恐惧得浑身发抖，面前正对着大门的路已被她挡住，我在考虑是否转身打开窗户跳出窗外逃生。毕竟只是二楼，落地姿势注意些的话不存在摔死的可能性。崴到脚的可能性就比较高，恰好可以迅速转移注意力。是什么让我逐渐平静下来的?大概是从她说话的神态吸引住了我开始吧。她的上下眼皮之间持续含着一包水,稳稳当当地卡在眼眶之中,随着她每次讲话蹦出的高音而不断波动、震颤,随着她眼神的流转折射入不同的景物,却始终没有跌落下来。似乎一旦这包水跌下来了,她所有的心事即全部得解,也因此她绝不会在自己尚未清晰结果之前纵容这两包水滚散到他处。

老师啊老师,这篇论文唤起了我深深的精神痛苦,我怕是真的坚持不下去了。她眼眶中持续翻滚的那两包水随着“去了”话音刚落,恰到好处地跌向裤脚化成黯淡不清的水渍。我身体的颤抖顿时从皮肤里挤出去了一半。原来就是这么回事。原来只是论文写不下去了。太好了太好了。我连忙摇手,没关系没关系,学期论文而已又不是毕业论文,改题好了没问题的。我错误地估计了形势。她体内狂卷的飓风并没有随着课业的减负而消解,眼眶被狂风吹散了闸门,透明的体液倾巢而出,仿佛她身体里装着一只包裹着人皮的榨汁机,源源不断地将五脏六腑榨出汁水来甩入空气中。我那原本稳固安全可靠的办公室里的空气中。

不写也行!我慌不择路地站起身,向着窗户挪蹭过去。可恶!窗户上居然封着无法拉开的纱窗,这是什么可怕的学校,居然给窗户封上拉不开的纱窗!刚从身体里挤出去的颤抖又从皮肤的纹路里一点点挤了回来,还带着被空调降了温的寒气，我伸出右手，用尽量不引人注意的微小幅度，抠着纱窗底部跟窗户黏接在一起的部分。

老师啊老师都快一百年了男人们怎么好像还是想不出来什么更新鲜的借口来摆脱情感的负担呢？贞操是王八蛋，悔恨是狗屎，激情是春药，生活是累赘，一百年了怎么都想不出来点更新鲜的呢！你说说这一切跟爱情有关吗显而易见吧显而易见地跟爱情无关吧！

抠纱窗的动作停顿了三秒钟。惊喜和恐慌在这三秒钟里轮番拎拔我的头发。没看出来啊，我的笨学生之一吴媛居然偶尔也能闪电劈头一样说出点明白话来。完蛋了，这是要跟我谈论爱情吗。完蛋。优雅是不必要的了，我抠纱窗的动作幅度变大了起来。

太残酷了，老师，真的是太残酷了。明明是两个人的事，为什么偏偏只有我要对所谓的激情消逝来负责任呢？老师啊，我真的不是想逃避学期论文，我是真的下不去手。这篇小说我简直没法看，一看就要哭一整天，不信您可以看看我的书，湿得都晾不干了一碰就掉一块儿。这简直就是在写我的故事啊。什么什么就人必生活着，爱才有所附丽？狗屁！不就是贫贱夫妻百事哀的变体吗，有什么新鲜的？什么什么就不爱了，免得一起灭亡吧，我呸！残酷的根本就不是生活的压榨，残酷的是这些说法本身吧！残酷可不分男女，生活也不挑着人压榨，怎么就他受不了呢，一个人得多无能才能想得出这些老掉牙了的说法！

笨学生体内的榨汁机上升到了颅内，飞速旋转的刀片儿呱唧呱唧把大脑切片打浆，她融化在脑子里那些看过的没看过的书都被摔打破壁搅成糊状，喷薄向不再安全的空气里。我停止了抠纱窗的动作。嗯，这个事儿，有点意思了。我挪蹭着向吴媛走过去，心里盘算着下一步动作，该拍拍她的肩膀还是拍拍她的手，该递张纸巾还是故作淡然地看着她就好。她倒比我先慌了起来，大概是刚刚意识到自己说了什么不该说的话。

对不起对不起对不起老师，我居然当您的面爆粗口，我太不该了，还说那么多废话对不起对不起对不起老师。没事没事没事吴媛，不算废话，我觉得你说得还不错，仔细梳理一下观点，基本就可以写学期论文了。真的吗老师，我就是太难受了，就这么愣愣地冒昧跑来找您哭诉，我跟他，刚刚分手。

原本翻滚在吴媛肿大眼泡儿里的一丝灵光就在这一倏忽间灭失了。简直比打个嗝放个屁还要快。我刚伸出去打算要拍拍她肩膀的手悬了空，耽搁片刻还是收回来了。可恶，怎么就坐在她身边儿了呢，现在要是突然站起来就会显得很奇怪了。不过现在空间位置发生了变转，大门就在我左手边。

老师，您是不是觉得我对大师有什么意见？我知道您最喜欢大师了，我得声明，我对大师本人没有任何意见，我爱大师爱得要死，恨不得每天拿他的书当枕头垫着睡。我就是，太难受了。

笨学生的膝头摊开放着大师的书。大师招谁惹谁了，要被这样对待。我心疼。我伸手拿过她膝头大师的书，翻开脆巴巴湿哒哒的护封，我靠，居然是人文社73年的一版一印，学校图书馆的馆藏书，你妈的小兔崽子！我这气真是不打一处来。自己去网上买一本新书来哭好不好，对着你电脑里的电子版哭到键盘上好不好，干吗非得哭到我的一版一印上来！

好了早点回去吧，这篇学期论文不用写了，我直接给你过。我捧着我的一版一印走到写字台后边坐下，打开台灯小心翻阅，看看有没有破损的地方能否及时补救。笨学生愈发蠢气四射，完全没有意识到我的怒气已经顶到了扁桃体。谢谢老师的理解，其实冷静的时候我也能理解，他从来都是个有反抗精神的人，什么都束缚不住他，也许他就是这样一个人罢。

反抗精神？反抗？精神？束缚？这样一个人？这些邪恶的字眼儿钻进我的鼻孔里，呛得我连打了五个震天响的喷嚏。已经埋死在脑波坟墓里的那具僵尸扒拉着黄土想要往外爬，半只手三根手指头已经伸出了土。不行不行不行不行，不能让他爬出来。我闭上双眼潜入自己的颅内，在茫茫坟穴中定位到他，扑过去一脚两脚三脚四脚把他伸出来的手指头踝回进坟土里。哈，哈哈，哈哈哈，历史还真是惊人地相似是吧。

你还记不记得。我忽地睁开眼，张开嘴用扁桃体对着她。

上学期我们做过的那个“写作作为疗愈”的论文专题？她茫然地点头，记得老师。我知道你现在的感觉是有些痛苦，但你可以换个思路啊。她眨着干巴巴的眼睛，您是说，让我把这次论文的写作，当做是一次自我疗愈吗。我真是太邪恶了，不过头冒傻气的笨学生并没有能力去发现这一点。当然，就像我刚才说的，你还是可以不写的，这门课我给你直接过，但如果你换个思路呢，也许克服掉这些情绪上的困难，理性地分析文本，顺带也就理性地分析了一切嘛，等你写完，这件事就不再困扰你了。

我把头埋在我的一版一次里，不时翻起个眼皮偷瞄一眼吴媛。困惑的积雨云夹杂着纠结的雷电在她头顶上盘盘绕绕反复纠缠，颗粒状的荷尔蒙不断摩擦着浅薄如丝的智慧，用不了多一会儿，就会有黑色的小孩子从积雨云彩里跌出来扑到她身上。

好的老师，我听您的，您说的有道理。笨学生思忖许久，下定决心般地站起身来，肿大的眼泡儿里没有一丝光彩，一拨拨黑色的小孩子扑簌在她袖子上裤脚上书袋上，再想抖落是抖落不掉的了。那你回去写吧，有什么问题随时来找我，这本书我替你还图书馆，写论文上网找电子版就好了。我伸手护住我的一版一印，催促她尽快离开我的办公室。

何必呢。干吗呢。图什么呢。深夜的肃静爬山虎似的一块块攀附上卧室四壁的书架子，肃静蒸发出来的气味拱得我的鼻子孔一个劲儿地发痒痒，喷嚏又始终打不出来。我翻来覆去睡不着觉，努力在黑暗里跟自己的内在精神世界进行点遮遮掩掩的交流。笨学生虽然笨，毕竟还算是乖的，应该放她一马，还疗愈什么鸡屁疗愈。写作真能疗愈还会有那么多作家学者排着队跳江跳楼跳池塘吗。是报复她哭毁了我的一版一印吗，还是气她趁我不备拿自己的私情来偷袭我，还是还是还是什么。那个男人。颅内坟场里的僵尸。又一个男人。

文字和词语是不要脸的寄生虫。白天被人喷射出来随着空气叮到我皮肤上，晚上趁着夜的肃静就顺着皮肤钻进肉里，顺着血管流向全身。我被一些寄生虫叮住了。残酷。激情。附丽。反抗。束缚。它们在咬我呢。臭不要脸的寄生虫。身体像发烧似的热起来，怎么突然这么热了。反抗。反抗。反抗。他妈的，现在还有什么人能觍着脸皮把这个词喷进空气里？到底是个什么人。寄生虫。

已经多久没有再想起我那具僵尸了。埋得好好的，藏在望不到边的大坟场里。那么多的墓穴，他又算个屁，不过是沧海一粟顷林一叶，算个屁！难道我的策略出了问题？不会不会不会。他们的借口总是一样一样的。又是好一场“启蒙”。唯一启开了的蒙，不过是提升了对谎言的辨识能力。寄生虫。

这些寄生虫咬在我身体里好几天，还是没有随着屎尿大姨妈排除出体外。情况比较少见。这件事儿愈发令我不安起来。那个人。那个男人。那个来路不明的男人。那个来路不明引诱了我笨学生的男人。吴媛好几天也没有音讯，消息邮件也没发过，难道真的埋头写论文去了？真是笨得让我脚指头疼。到底是谁。中文系的男研究生和博士少得比食堂西红柿炒鸡蛋里的鸡蛋还要罕见，我已经在心里挨个排查了个遍。丑不要紧，穷也不是妨碍，矮也不算问题，就连才华欠奉都勉强能接受，可是反抗，反抗！只这一条他们就全部死掉了。到底是谁。我晃荡在研究生院宿舍楼下的树荫里，脚底下踩着烂树叶死蚯蚓空蝉壳断树杈，咯吱咯吱的声音伴奏着我大脑里寄生虫唧唧唧唧唧的冥想曲。

吴媛拎着书袋从宿舍楼里走了出来，两眼无光头发凌乱衬衫下摆没有掖好随着走路时屁股的律动啪嗒啪嗒拍着身体。唉，又一个被文学吊销了青春的家伙。图书馆离宿舍楼只有五分钟步行的距离，她居然走了十三分钟出来，你的精气神儿呢青年！就你这个全身发霉了的样子，别说男人了，就连文学也看不上你啊！真是让我气不打一处来。不过算了，不能太计较。我焦急地等待着这十三分钟里能有一个男人的身影冲到她面前来，咆哮也好对打也好甩耳光也好哭哭啼啼也好，只要能露出他的原形来。可惜，一路上空无一人。我要是能做主，就让所有不跑图书馆的学生统统肄业。完蛋。读书不上心，谈恋爱不上心，活着也不上心。完蛋。

吴媛跌跌撞撞地坐好在图书馆书桌前，把笔记本、笔、电脑、电子笔、iPad、手机一一摆好在案头，然后开始了长达二十四分钟三十三秒的愣神儿。简直令人发指啊。令人发指。我读研究生的时候,去卫生间拉屎都要带一本书看,看书看出了肾盂肾炎,现在的学生,真是,令人发指。我来来回回徘徊在书架和书架之间,尿意袭来又消退,消退复又袭来,吴媛居然还不挪窝。就在我打起退堂鼓准备回办公室继续自己的工作时,她终于站起身,走进书架里去找书了。机会来了!她的身影甫一吞没在书架间,我便如猎犬般冲到她的桌前,抓起她的手机。可恶!有密码!屏保居然是四只粉红色穿着人类衣服的猪,并没有任何男人的踪影。早该想到是这样了,但不能就这样放弃,应该试试笨学生的生日数字是不是密码。可恶!我怎么知道她哪天生日?!

老师?吴媛的声音刀子一样从我腰后捅过来,我肾子一凉,手机噗通掉在桌面上。我双手攀住桌沿,地板海浪般上下翻滚,我感到恶心晕眩喉头泛酸。老师!吴媛的声音欢快起来,您也来图书馆啊,我还以为图书馆的书您家里都有呢。哦哈,哈嗷,哈哈。桌沿快要撑不住身体的重量了,我拉过一把椅子,小心翼翼地把不断旋转的身体置放在椅子上。

论文进展如何啊。我擦了擦汗,背过手去悄悄地把她的手机摆正。进展很顺利老师,我找到了几个特别好的方向!吴媛似乎全然没有觉察到我的秘密行动,脚下的地板稍微安歇下雀跃的涌动。很好,很好,我们可以谈谈你的方向。好的老师!去我办公室谈吧,不要打扰其他同学。我们俩同时环顾了一下四周,中文馆藏整层只有我们两个人。

走向办公室的路上,那四只粉红色的猪占据了我全部的思考力。吴媛路上一直在叨叨叨地说着什么,我一句也没有听清楚。为什么是猪。为什么是粉红色的。为什么穿着人类的衣服。为什么是四只。为什么还有一只戴着眼镜。为什么它们都用两只脚站立。所以他们是戴着猪面具的四个粉红色的人?所以粉红色的人都是猪?还是所以粉红色的猪都是人?这些隐喻了什么。跟笨学生现在的精神世界有何关联。

太可怕了,世上净是些我还不知道的事儿。

老师,这几天我查了很多资料,构思了三个主要方向,您看看哪个比较好。只坐定了半拉屁股吴媛便迫不及待邀功似的抢声说道。好,你展开讲讲。吴媛坐直身体,稀里哗啦地翻开笔记本。

第一个方向,我打算从女性主义角度来分析关于小说里"新女性"启蒙的论点。所谓"我是我自己的,他们谁也没有干涉我的权力"这样看似启蒙的话语,不过是男性赋予女性的文化想象,然而小说里整个故事下来,能看到的只是这种想象的彻底覆灭和错位不得体。说白了,女人抛家舍业不顾一切要跟男人在一起的时候就叫"掌握自己命运"了,男人但凡过得不顺遂女人就成了"只知道捶着一个人的衣角""只得一同灭亡"了。

很好的观察,不过类似的论文已经堆成山了。

那第二个方向好了。第二个，我打算从情爱架构和对抗架构的同构对比中来分析。他们两个之间既有情爱，也有对抗。男人要自由，女人要爱情，可一旦男人的“自由”遭遇危机，爱情幻梦也就随之破碎成渣。所谓“自由”，不过是男性世界的专属权利，女性不过是男性精神狂欢的欲望对象罢了。也就是，女人有疯狂爱上男人的自由，却没有忤逆男人渴望的自由，男人主动地有无限的自由包括随时抛弃女人的自由，女人被动地有部分的自由包括被抛弃以后乖乖离开的自由。

也还可以，但跟一篇高引用论文略微撞题了，跟你第一个方向也有重复。

……那您再听听我第三个方向。这一切根本就跟爱无关，不过是男人假爱之名来转嫁自己的精神危机！世界上存在那么多那么多的问题，他的生计，他的精神困扰，国家的变局，时代的动荡，所有的问题他都无力解决，便通过逃遁到爱情里来回避精神世界的崩溃，因此，本质上这与爱情毫无关联。当他发现即便在“爱”中也逃无可逃时，便是他们关系的覆灭之时。他不过，只是一个，自我精神世界的逃遁者。

再次泼冷水的话哽在我的喉咙里，黏痰似的顶到舌根又咽回食管，又顶回到舌根再被咽回食管。上下滚动了几回滚得我都犯恶心了，我最终决定把这口痰给咽进肚子里。笨学生毕竟只是个研究生而已。看得出来，失恋的打击已经小幅度地提升了她的学术水平和认知能力。勉强这样了吧。我清了清喉咙，那个，先按这第三个方向写写看吧，有了初稿我们再继续讨论。

吴媛脸上绽开昙花状的笑容，抓起钢笔在笔记本上划了两个大大的叉和一个大大的钩，随后哗啦哗啦地把笔记本装进包包里。不好，她这是准备要走了吗。不行，矜持是没有必要的了，矜持不会助你晚上安然入睡，必须拿出毕生积攒的社交能力来套她个话，否则今晚的睡眠又要喂给狼了。

所以，那个，就是说，怎么说呢，可不就是，看来，这个，因此，可以说，那个，你那个分了手的男朋友，是吧，怎么说呢，嗯嗯，所以，这个，男朋友，是吧，他是那个，是吧，怎么说呢，嗨，什么人，所以，就是，具体是个什么，对吧，那个，大概情况，是吧。

吴媛的脸皮像是敷着一层硬壳儿，板板正正地没有波动。老师，您是想问，我那个分了手的男朋友是个什么样的人是吧。她的嗓音也仿佛是套上了一层硬壳儿了。她整个人都立起了刺，警戒起来。哈，我就知道有蹊跷！

啊，对，我点点头。想要冲过去用手抠掉她脸上那层硬壳儿的冲动臭虫一样拱着我的脚底板，痒死了，简直痒死了，人脸上怎么能有壳儿呢，都翘开了边角儿了，一抠就能扑扑簌簌地掉皮下来。

他就是个挺普通的人，老师，比我大几岁，已经上班了，不过那份工作对他来说也就是个饭碗而已，他有大志向，以他的能力他的学问,他将来注定是个不凡的人。

臭虫还在我脚底板拱来拱去,不只是痒,现在开始有点疼了,臭虫要吸我的血,脚底板的血也是我的血啊。人脸上怎么能有壳儿呢。真没想到。真没想到我的笨学生也是个脸上有壳儿的人。那四只粉红色的猪又是怎么回事。这一切肯定都是有关联的。大志向、不凡、饭碗、普通。不凡,呵呵,不凡!

我站起身来,在办公室里一圈一圈地绕着走,每一步都狠狠下脚,用力蹍磨。让你咬我,还吸我的血,死臭虫!这件事必定大有蹊跷,笨学生居然跟我板起了有壳儿的脸来了。我的直觉没有错,这个男人必定大有蹊跷。本来那些寄生虫已经够我受的了,现在可倒好,又来了吸血臭虫,可倒好!可恶,我必须解决这件事,现在就得解决,不然就不是睡不好觉的问题了。还有那四只粉红色的猪。

你最后构想的论题方向非常好,顺着这个方向好好写,我相信这会是一篇很优秀的论文。我一边蹍着脚底板下的臭虫一边对吴媛说。她眼睛立刻亮了起来,脸上的硬壳儿几乎要撑破开了。哼,且让你得意一番吧,带了她两年四个学期,像"非常好""优秀"这样的字眼,她还从未在我嘴里听到过一回。

真的吗老师?!嗯嗯,逃遁者,本质不是爱,什么什么的,把握得很不错。谢谢老师,我会好好写的!怎么样,对于我之前说的,理性地分析文本,也就理性地分析了一切,是不是对于你个人的感情问题也有所帮助?

完蛋!结论还是给出得有点迅猛了,起承转合的推导做得还不太够,笨学生脸上刚破了点缝儿的壳儿又缓缓收拢起来。学问还是不够到位啊,节奏也是学问的一部分,我轻轻叹口气。

是有些帮助的,就是这结论有点伤人,老师,你说他真的就是这样吗,他也只是一个逃遁者,并没有爱过我?这个我怎么好臆测呢,我又不了解你们之间的事儿,还是你们自己最了解你们之间的事儿吧。她的五官缓缓地皱缩在一起,越皱越紧,越皱越紧,脸上的硬壳儿被挤得裂开了碎块块儿噼噼啪啪带着声响儿地向下掉落。

老师您说得对,我不该问您,我还不如去问他。

脚底板下最后一只臭虫噗叽一声被我狠狠踱碎,我停下来回逡巡的脚步,颅内放起一阵红黄相间的微型烟花,庆祝这个小小的胜利。吴媛稀里哗啦地收拾了一阵书和笔记本,一颠一颠地离开了我的办公室。来不及庆祝更多的胜利了,我尾随笨学生走出办公楼,始终跟在距离她五十米左右的地方,监视着她的举动。她绕过办公楼,蹲在墙角哭了五分零七秒,站起身,走到操场,沿着四百米塑胶跑道溜达了三圈半,走进食堂,打了一份醋熘土豆丝一份蒜薹炒肉片二两米饭,磨蹭了二十七分钟吃了不到五分之一,倒掉剩菜饭走出食堂,绕着人工湖走了一圈,坐在湖边长椅上打了个时长四分四十九秒的电话，走到体育馆外，绕着体育馆走了大半圈，走到体育馆后门荫庇处，站住不动了。又过了十二分二十秒，我看到我的同事开着他那辆破破烂烂的04年款黑色捷达停在了她面前。同事下车，两人开始交谈，两分十六秒后她忽然拉扯着同事的衣领前后推搡像是试图从存钱罐里摇晃出来去年春节存的压岁钱花剩下的最后几毛硬币，同事被摇晃了十秒钟左右忽然抱住了她，她在他怀里迟钝了三秒钟后将同事推开，两人继续交谈，一分零四秒后她伸出右手攥成拳头猛捶同事胸口，同事被捶了七次以后抓住了她的右手拉她上车，她象征性地半推半就了六秒钟随后自己拉开副驾车门坐上捷达，两人坐在车上交谈了二十二秒后同事驾车离开。

真是极大的浪费啊。我呆站在一根与我身形相仿恰好形成遮挡的双杠背后感慨。极大的浪费。至少四十九个小时的工作时，三十七个半小时的睡眠时，还有将近一小时二十分钟的休息时，最后就让我看这个？四十九个小时！我能看多少书，能写多少字！可怕。暴殄天物级别的浪费。浪费生命的折磨感跟终于解脱的释然搅和在一起泡着我的脚踝。据说人的所有哀伤都聚集在脚踝，现在我的脚踝，正聚拢起大于一吨半浪费了生命的哀伤。

我的好同事，他，他甚至没有写出过一篇具有原创性观点的论文，一篇都没有！他发表的所有核心期刊都是拜托他的导师帮忙解决的！每次开会时他的发言都又长又臭又长让所有人昏昏欲睡！他迄今为止最大的学术成就就是读了他导师的博士生！他能留校难道是因为他有才华吗，我呸！不过我想以笨学生的智商和学术水平是理解不了这些的，估计理解了她也不在乎吧。

什么反抗，什么不凡，什么饭碗，我呸！我的好同事啊，能看到他反抗得最带劲的事儿大概就是抗议工资涨得不够快房子怎么还没分到他吧。还真是又一场好启蒙。始乱终弃的故事烂了大街，“揽裙脱丝履，举身赴清池”不新鲜，“抱持宝匣，向江心一跳”也不新鲜，不过又是些“有女怀春，吉士诱之”的狗屁戏码。我还能说些什么？让人迷恋上的不是人，是知识，是假装掌握了知识的人，有这么大劲头，到底能不能先去迷恋一下知识本身啊？简直让我脑仁子疼。我没指望笨学生学我一样把臭男人埋进颅内坟场里然后自己轻身前行，但也不至于是现在这样吧！还是大师说得好，最残酷的莫过于梦醒之后，无路可走。好了重点来了，以前的问题是做了梦不敢醒，现在的问题是人家连梦都懒得做了，胡乱刮拉来什么以次充好的都填进脑里去，当它算是个梦罢了。还精神世界的逃遁者，要向哪里逃？怎么逃？逃得掉吗？你又真的有精神世界吗？真是笑死个人了哈哈哈哈哈。

还愣在这儿干什么呢？还不赶紧回去看书啊。我拽起自己沉重的脚踝，向办公室走回去。生活啊，还真是无聊。看来唯一值得庆幸的是，身体里的寄生虫跟臭虫们一举灭亡。总算是消停了。

恢复平静的生活真是美好啊。每天看书，写作，看书，上课，看书，睡觉，没有了任何烦恼，连肠子都复苏了活力，每天都积极清理出体内的毒素，回想一下前几日，竟为了那么无聊的事情而好几天拉不出屎来，真是，无语。笨学生的感情事跟她的论文一道被我丢进了脑沟褶皱深渊里的坟穴中，以至于当她主动提出来要再跟我“谈谈论文”时，我第一反应竟是难道她想来跟我探讨一下我正写着的论文？她叽叽呱呱在电话里讲了快三分钟我才回忆起来她还有篇论文要交的事情，自然也就连带着回忆起了她竟让我浪费了四十九个工作时的可怕事件。四十九个小时啊，我能看多少书！嫌恶感平地而起，我冷冷地要求她把观点整理好发到我邮箱，她却出乎我意料地坚定要求见面来谈，因为她的论文方向“有重大转向”。我满腹狐疑，“重大转向”能有多重大？玻璃弹珠那么重大，还是压酸菜缸石头那么重大。也罢也罢，谁叫我摊上了呢，再重大的压酸菜石头也得扛起来。扛吧！

当吴媛神采奕奕笑逐颜开地推开我办公室的门，我吓得一把攥紧手里面的书本。这是谁，这是我的笨学生吴媛吗？！她周身散发着柔和而闪耀的光芒，我简直没有见过她身上的白衬衫那么白的白色，也没有见过她脚下的红球鞋那么红的红色。她一抬手就泼洒出一道彩虹般的香气，一张口就吐出一条玫瑰花的花环。要不是她脸上的脸皮还是吴媛的脸皮，我几乎不敢认她做学生。细看看，她的脸皮居然都照几日前滑嫩了几倍白皙了一番。我手里的书本被我攥疼得喊出了声儿来，我慌忙把书丢到了一边儿。

那个，是吧，所以呢，你那个，转向，不是，对吧，因此，论文呢，是吧，这个，可以说，是吧，酸菜缸，不是不是，对吧，怎么说呢，嗯嗯，所以，这个，重大，可以，好吧，所以呢，那个，嗨，怎么说呢，行吧，你说说。

好的老师，那我就说说我最新的想法，是这样的，我觉得我前段时间可能是因为太过沉浸在自己的情绪痛苦当中了，所以想出来的几个方向都偏激了一些，我觉得不太合适。甚至可以说，太不合适了。

哈，偏激？

是啊老师，偏激，太偏激了，偏激的方向怎么能做出好学问呢？经过这几日的沉淀，我总算是想到了一个更好的方向，所以赶紧过来跟您商量一下。

你说。

当我情绪冷静下来以后重新再读这篇小说，我发现这整个一篇小说都是一个巨大的叙事陷阱啊老师！没错，就是叙事陷阱，大师从一开始架构起的就是一个不可靠的叙述者啊！咱们之前学过的，可靠的叙述者在叙述或行动里，跟作品的思想规范是相吻合的，但不可靠的叙述者则是不吻合的，对不对！如果从这个角度来分析男人的所作所为，那么很多事情就得到解释了。男人说的很多话,都是反话,男人做的很多事情,则是映衬了他内心里思考的对立面！您想想,那可是大师啊,他没事儿闲的吗写一个负心汉始乱终弃的无聊故事?不不不,绝对不是这样的,其中大有深意啊!

嗯,学界确实有类似观点的论文……

所以啊老师,我从这个角度重新去分析了男人的行为,发现他的选择和情感走向,不是一个单纯的情感问题,也不是什么逃遁和遭遇危机的问题。很明显的,一切都埋在小说的线索里了！男人是站在追求生命终极价值的角度来对待人生,以及他和女人的爱情问题的,他是一个真正的“奋斗者”！他对女人的追求和最终放弃,都与他对生命最高意义的追求紧密相连啊老师！如果站在生命最高意义的角度来看,什么爱情,什么生活,什么不舍,都变得不值一提了不是吗?所以我们必须要抛开问题的表皮,去探索男人作为奋斗者的精神内核!

办公室陷入了一片坟场般的死寂。我跟吴媛展开了拉锯似的沉默竞赛。我不张口,她也不张口。我不动弹,她也不动弹。我不喘气儿,她也不喘气儿。仿佛学术争论毫不重要,谁在这场沉默拉锯赛中败下阵来才是真正的输家。就这样僵持了约十分钟(感觉至少长达三天三夜),我大脑深处忽然有一根琴弦被不知哪里伸出来的手给调得松垮下去。我张开了嘴巴。

那个，你今天，是吧，那个，看起来状态还不错。谢谢老师，我自己也感觉很不错！你那个，所以，是吧，男朋友的事儿，解决了？谢谢老师关心，解决了，也得感谢您！感谢我？是啊，感谢您，要是我最开始沉浸在痛苦里放弃继续这篇论文，那很多事儿我也想不明白了，要是我一直沉浸在偏激的状态里，那很多问题也只会更加偏激下去，要不是您提醒我两个人的事儿需要两个人来解决，那我到现在还深陷在自怨自艾里呢，所以说，得感谢您！那个，所以说，是吧，怎么，解决的呢？我们俩和好了，我甚至能感觉到自己更理解他了，更爱他了。

还真的是压酸菜缸的石头那么重大呢。实际上我从小到大从来没有真的扛起过压酸菜的石头。我就远远看着，已经觉得腰很痛腿很疼胳膊很酸了。真要让我扛起来试试吗。我大概会哭着扑倒在地大喊妈妈妈妈我不要吧。还真是无处可逃呢。唉。我都干了些什么啊。

2018.8

冥想

——给红薯

它漂浮在一团混沌不明之中。空间狭窄得令它惊恐，稍微舒展身体就会触碰到边界。在最初难以克制的好奇探寻之后，它不再愿意总是去触碰那些边界。也许边界存在的本身就令它难以接受。至少，不去触碰的时候，那种漂浮着的失重感会模糊掉边界。黑暗与隐约的光明交替而至。它已经可以偶尔睁开双眼，却无法辨知任何事物，唯有在机械地张合过后，更长久地闭上它们。

这片水域原本清澈无他。水源自各处析出，缓慢地聚拢在它的身边。它游曳在一片清澄之中，翻滚滑翔，犹如一位御风的少年。御风的少年虽然踏住了这风，却暂时哪里也去不了，在黑暗与光明的交替之中等待着自己的时刻到来。随着时间的推移，水域逐渐走向了自己的浑浊。脱落的细胞，纤微的毛发，它自己吞来又吐去的尿液，都加入了这水域的风中。在它长大以后，会对包裹着自己的清澈与浑浊有更多认识，但此刻，能飞起来的少年根本不会担忧脚下的风是什么颜色。

那些年轻的风，打着转儿，滚在它的足下，它的指尖。风和风之间细细地摩擦着，交换着关于它的各种秘密。秘密和秘密之间也细细地摩擦着，在水域之中发着光。现在它还不知道这些黑暗中的秘密对它来说意味着什么。

黑暗令它感到困惑。曾经,是偶然而至的光明令它感到困惑。现在,则是黑暗令它感到困惑。如果黑暗和光明永远是交替而来的,那为什么黑暗的时间,总是远远大过于光明呢。如果光明只会如此短暂地降临,而后又是长久的黑暗,那这光明除了惹人心绪混乱以外,还有什么价值呢。

比这片水域更像真正海洋的,应该是声音的海洋。第一束能够确认下来的声音,仿若擂鼓,咚——咚——咚——,将它的全身左右震荡。鼓手到底是谁呢?总之不是它。它却需要伴着这鼓点难以自制地起舞。很快地,各式声音开始终日覆盖在它身上。每一束声音的袭来都需要经过这片水域的反复洗刷,变了形以后填充进它的身体。未来当它学会了游泳,勇敢地潜入水下听别人在水面上说话时,会不会回忆起那其实就是此时它已经熟悉的声音呢。

声音的海洋,浪滚着浪,所有经过洗刷的声音一束束冲击着它的耳膜。它听不清晰那些声音,也暂时绝对无法理解那些声音,然而那些声音依然可以作用于它。因为声音虽然可以不清晰,但永远包纳着情绪。因此,好的情绪可以托起它,坏的情绪则可以……

房间里的吊顶灯被猛地点亮。她吓了一跳,睁开了双眼。突袭的光线刺痛了她,她赶紧又慌慌张张地合上了眼睛,隔着两张轻薄的眼皮去适应那她以前就经常抱怨亮度过分的灯光。点亮吊灯的丈夫向自己身后跳了一小步，嘴里夸张地“哟呵”了一声，仿佛他受到的惊吓永远大过于她的。

她凭着听觉和隔着轻薄眼皮对阴影的觉知，知道丈夫正走向自己。脚步里伴着与他个性相冲突的犹豫。三步四步五步，她用千斤顶把上下眼皮掀开了一道缝儿。六步七步八步，丈夫从那道缝儿里的火柴棍胀大成一头熊。千斤顶完全顶开了眼皮，这头熊轰隆伏倒在沙发上，她被下降的重量弹得屁股飞起离地一秒钟。

都说了好几次了，别黑灯瞎火地坐着瞎琢磨。丈夫说着，下意识地把手掌覆盖在她的肚皮上，顺着肚脐眼向下摸去，小拇指边缘触碰到大腿根了，又折返回来向上摸去，这样擀面皮般循环往复。有时她会想象这种上了瘾似的下意识行为即使在孩子出生以后也很难改正，而他如果对着一张空塌塌的肚皮感觉找不回曾经那种触摸的质感，会趁她不备令她再次怀孕，不是因为他喜欢小孩，只是为了他可以摸上几个月那饱满而内容充实的肚皮。

都说了好几次了，不是瞎琢磨，那叫冥想。她抓起丈夫的手，放到他自己的肚皮上。被打断冥想的焦躁空气罩般死死罩着她。对对对，我说错了，是冥想，能不能跟我说说，冥想时候都想什么呢。丈夫的手又盖到了她的肚皮上，她再次抓起他的手，放回到他自己的肚皮上。

想孩子。跟我说说嘛，孩子什么样。生出来你不就知道什么样了。既然生出来就知道什么样了你干吗还总黑灯瞎火地坐那儿天天想啊。丈夫的爪子不知道什么时候又盖在了她肚皮上。她感觉那只爪子像是会吸星大法，把自己的力气和反抗的兴致都吸走了。爪子在肚皮上按兵不动了一会儿，见肚皮的主人没有反抗，又擀面皮样上下滚动了起来。

我妈说，孕期到这时候了，忌讳成天总是想东想西的，影响孩子将来的性格。

丈夫的手其实是温柔的。一直都很温柔。从恋爱时候一直到现在，这只手的性格里就没有出现过任何跟粗鲁挂边的东西。不像她以前接触过的一切男人的手。这只温柔的手，恋爱时捧住她的脸蛋会持续地微微颤抖，汗水渍满掌心，就连指尖都是湿的。有时她觉得，自己可能就是为了这只温柔的手才决心嫁给他的。

我觉得吧，孩子的性格随我就最好了，随性一点，随性一点嘛，哈哈。丈夫的笑产生了一些微弱的电流，顺着他擀面皮的手，流到了她的肚皮上，又顺着她的皮肤穿越一颗颗器官，到达了它的身上。它在里面抽搐了一下。哎呀哎呀，动了！动了！你看，我儿也同意我说的话！哈哈哈……

她闭上眼睛。身体跟着它一起，在那片水域中抽搐，翻转，脑袋摆动。原本顶到嘴皮子上的话滚在嘴皮子里面，滚了几下就散掉开了。男人们通常意识不到，从男人嘴里能吐出来的各种让人听不下去的话里，“我妈说”这三个字是最让人丧气的。

她睁开眼，意识到自己必须把话题转向他处，不然那只让自己愿意嫁给他的温柔的手，会长出翅膀来飞向天边。她开始谈起昨晚两人蜷在沙发上一起看的那部电影，她最近合着自己口味做出的菜品他吃起来会不会过于清淡，他公司里那个总是纠缠他的性向不明的同事最近有没有什么出格举动。他迅速被这些话题缠绕进去了，擀面杖般温柔的手心，析出阵阵细汗，隔着肚皮加热着它的水域。她做起这些来已经轻车熟路。在他不知觉的无数个瞬间里，悄声无息地拯救着两个人的婚姻。她倒也不会感觉到辛苦，对于像她这样的人来说，愿意奉献自己作为两人共同的容器去创造一个新的生命，最辛苦的部分远远发生在做出这个决定之前。当然了，这又是一件他无法觉知也无法理解的事情。

关于它的冥想并不是无缘无故就降临在她身上的。只是近来愈发频繁起来。起先，跟她第一次陷入冥想的情况类似，只有某些特殊的事件或情境会让她产生关于它的冥想。后来，只要环境安静阴暗，她的心情放松，就会进入这种冥想的状态里。近来，发展到她习惯于每天至少找到半小时到一小时的空当，主动去进行这种冥想。愈是频繁，她愈是明白了，这种冥想带给她的慰藉要远大于她自己已经意识到的。结果这件事就变成了，她是为了自己，而不是为了它，在做这样的事情。这偶尔会让她产生突发的恐慌，仿佛该为自己的自私举动感到羞愧。有时候，她会在冥想中，发现漂浮在羊水中的那个御风的少年，是自己，而不是它。有时候，则是丈夫，而不是它。

自己的生命已经没有任何回旋余地地跟另一个生命绑定在一起了。那根链接两人的脐带对此绑定贡献的力量有限。两个月后这条物理的绑定就将宣告破裂。更深层次的绑定将绵延她与它的终生，尽管说来残忍，但是除了她与它之外的任何人——不管是丈夫，还是他们两人的家人，甚至包括它未来的爱人和孩子——对这种绑定来说都既无关联也无阻碍。这就是她与它之间的真实关系。这是她在某次冥想时得出的结论。她没有把这结论告知任何人。不是因为结论太残忍，抑或太自负。就是，怎么说呢。说出来也没用。这事儿已经定了。

简直没有比这种绑定更可怕的事儿了。自然，是甜蜜的可怕，是美好的可怕，是积极的可怕，blahblahblah。但还是可怕。当这种可怕像家里养的那只猫一样总是赖唧唧地舔她的脚趾蹭她的大腿时，她没法像蹬开猫一样蹬开这可怕。最近这些担忧已经离她比较远了，她可以用一根绳子固定住那些情绪，圈养在某个角落里。可能是冥想在其中起到了作用。毕竟相比起最开始冥想的那些场景，最近几周的冥想简直可以说是越来越接近“祥和”了。

第一次突发冥想时脑子里的场景，像趴在她鼻子上吸血的水蛭。蠕动着，近在眼前，无法拔除，企图以小得可怜的黏糯身躯抽干她浑身全部血液。促成那次冥想的直接诱因是她孕后丈夫跟她之间第一次剧烈的争吵。情绪平息过后，她知道那是多种情绪搅和在一起形成的作用力。是从第一次来月经以后到现在将近二十年里积聚起来的恐惧的一次完美的集中爆发。在所有奔荡在血管里的恐惧分子里面，尖声吼叫着跑在最前方的该数“对于未知的恐惧”。它身后还有“措手不及”“永远没法准备好”和“老娘的个人生活算是完蛋了”咆哮着紧追不舍。吵架的具体原因完全没有重要性，两个成年人类生活在一起每天都有上百条理由可以成为正当争吵的导火索。之所以能吵得还算激烈起来，大致是因为孕期头三四个月的不稳定期已过，丈夫便稍微有了些敢顶嘴回去的底气。

噼里啪啦稀里哗啦的嘴瘾一通过完，丈夫抓起车钥匙夺门而逃，她只觉眼前浮腾着两团黑乎乎黏腻腻的雾块儿，坐在沙发上大口喘气。气慢慢地可以喘得顺了，眼前的黑雾却越裹越浓厚。她索性闭上眼。雾气由眼眶渐渐下移，沉到下巴，头便重得垂了下去。沉到颈窝，肩膀向前垮了下去。沉到胸口，整个上半身都跟着折向下半身。最后，沉到了肚子里。浓黑的雾中，第一次冥想不期而至。

声音的海浪一波紧跟着一波撩拨着它的幼嫩耳膜。它刚刚生长出的，蝉翼般轻薄的幼嫩耳膜。它在独属于它的清澄水域之中,没有盾牌可以阻挡那些声音的海浪,也没有沙丘可以供它躲藏。海浪的浪头里镶着银针,浪身里夹着棍棒。

它不知道,没有能力知道,这些海浪不是冲着它来的。它只拥有这片水域。那些避无可避的海浪也是这片水域的一部分。比它蝉翼般轻薄的耳膜还要更幼细的,大概就是它对这片水域的信心了。如果这些海浪就是水域的真相,这样的水域,还有什么值得一直游曳下去的价值呢。

它感到寒冷。太冷了。它伸出手去握住了什么。握住了什么呢,一条坚韧的管道。连接它与水域之外世界的管道。为它输送营养供它成长的管道。当它踩着风在天上飞时,可以把它拉回地面的管道。它想重新变得温暖。它拉扯着那根坚韧的管道浮游起舞,让管道成为它的羽衣,一圈圈绕满它的身体。它需要的温暖。声音渐渐被挡在管道的羽衣之外了,它终于有了盾甲,那些海浪没法再伤害到它。至于别的呢,都不再重要。

她挣扎着睁开双眼,眼前仍是模模糊糊的,她大口呼吸,企图驱散肚腹中的黑雾。惊慌分子取代了恐惧分子在血脉里奔跑着尖叫,瞬间占领了全部领地。不知是心理作用还是生理反应,她感觉下腹一阵阵绞痛袭来。她立刻打电话给丈夫,叫他马上开车回来接自己去医院。办理了建档手续的公立大医院一时预约不到当天的产检,他们开车直奔相对高价的私立医院。

你看,在这儿呢,一切都好好的。头在这儿,你看,这大高鼻梁,随你们俩谁啊。腿挺长的,估计是随你。看见这几个圆圆的小球儿似的东西了吗,这是它正在吐泡泡玩儿呢。医生用手指划拉着B超屏幕,用兜售当季最新菜品般的口气轻松地介绍着它。整片水域已经在屏幕上一览无余,她自己也看得非常清晰,可她还是一遍又一遍地问大夫,脐带正常吗,有没有绕颈迹象,有没有其他缠绕情况。也许产科医生附加值最高的功能就是安慰动辄惊恐不安的孕妇,在缠磨了大夫半个多小时以后,她总算安下心来,肚子也不觉得痛了。

走出B超室,看到满头大汗魂飞魄散眼眶青红的丈夫,她将原本揣在腮帮子里的几句轻省的埋怨话也嚼吧嚼吧咽了回去。回家的车上,丈夫指天跺地地发愿再也不跟她吵架了,再也不会夺门而逃了。她不言语。她知道如果她不想吵,这样的架就吵不起来。她也没有告诉丈夫自己陷入冥想时看到的情景才是让自己坚持检查的原因,只说了是感觉腹痛。她不知道如何开口去解释那个场景。她一度觉得自己在发疯。

还好那个黑雾般令人窒息的场景没有再回到过她的冥想中来。一切的忧虑和恐慌都能够找到其现实依据和科学解释。一切的心理问题和异质想象也如是。她接受过的教育和读过的书这样告诉她。她自己也能分析列举出个十条八条。然而这对于她想要弄清楚的问题隔着厚重的一堵墙。这面墙靠科学恐怕是凿不出一道缝儿来。究竟要靠什么呢。她不知道自己现在对于所谓冥想的这种依赖，是不是自己手里能找到的唯一一把凿子。

御风的少年已经可以顶起风来了。风的碎屑流动着穿过它的手指，流向下一阵风。它拥有了只属于它的诗。在风里练习吹口哨，接受它尚不熟悉的各种秘密。水域依然充沛，但边界却日益狭窄。这日益狭窄却指向某种全新的开阔。它即将破浪而至，踩着那风降临。

含着它那片水域的皮肤正趋向透明。那个新的世界正像花一样一层层绽开在它眼前。它现在可以透过那片毛玻璃样的含着它的水域望着这个世界。黑暗不再令它困惑。因为光明的交叠愈发频繁。甚至连黑暗，也开始发起微弱的光来了。再也不是一片整寂的黑暗。未来它将怀念那整寂的黑暗。但现在它还没有。未来它将在一些时刻怀念这水域的一切。但现在它还没有。

它顶起风，并未感觉到重量。毛玻璃外面的世界有种辨不清方向的吸引。看呢。这摆满书架的房间是你在新世界里的微小阵地。这个挤眉弄眼的男人将充当你之后十数年的移动堡垒。门外那只将来会特别喜欢你身上奶腥气的四脚长毛动物并不真的是你弟弟。

它抬起头，望向毛玻璃的顶端，这个在黑暗中闭着双眼的女人。这是毛玻璃的主人。析出这片水域的源头。你脚下那风的终点。与你此后一生紧紧绑定在一起的线头的另一端。

它知道了。自己来自御风者的家族。它的身体仍蜷缩成一团，与边界暗中较着劲。那条坚韧的管道，线头的另一端，女人睁开了双眼。它忽然能够看得清晰，不再有毛玻璃样的东西拦在自己眼前。它张望向四周，用她的眼睛凝视着这片黑暗。女人的双眼在黑暗中闪着光亮。她低下头，看到自己的肚皮接近透明，皮肤之下的那团水域里，游曳着一个在发光的生命。她看着它。它看到了它自己……

已经是产前最后一次B超了，丈夫仍像个孩子一样，央求她允许自己问一下大夫到底是男孩还是女孩。被她拒绝后，丈夫噘着嘴嘟囔抱怨说到现在都不知道婴儿服该买什么颜色。她懒得争执了，只觉得好笑。明明丈夫自己都是爱穿粉色衬衫的人，而她最喜欢的颜色就是蓝色，一个婴儿服的颜色选择就好像能提前帮助孩子确定未来的性别认同完全是上个世纪的思路。她知道，丈夫就是不喜欢这个可能性各占50%的谜面。这个谜面的绵延时间对于他来说，过分漫长了。

尽管每次做B超时，都是她能够有机会真正与它对望的时刻，但她始终对于这种会面的形式感到不舒服。喜悦自然是有的，尤其是当医生用仪器播放胎儿的心跳声时，那快速而强劲的心跳声总是能连她身体里最麻木的部分都给锤醒过来。但如此将自己的内部，那片水域，和它，一并暴露在他人面前，总归是令她感到不适。仿佛一个独属于她与它二人的神秘世界，被三流丙等的编剧改写成肤浅的青春电影摆上大银幕。

医生对她的胎位情况表示很满意，满意到每隔几秒钟就要表达一次，似乎要是有个专门奖励孕妇界胎位标正的奖项，医生现在就想立刻颁给她。她看着B超屏幕上的它，头那么大，看起来安逸得很。它知道自己正在被除了她以外的人注视着吗。这个奖实在该颁给你啊，在水里游了那么久，还知道找个最合适的地方歇下来。

丈夫抓着B超报告一溜小跑地奔到休息区。她一看到他脸侧面那些青紫的筋就知道他想说什么了。他兴奋得攥着单子的手都在抖，脑袋向左右扫视了十几圈，像在侦察可能会因为他给医生递了红包而突然冲出来把他抓上警车带走的便衣。丈夫神经兮兮地用手拢住嘴巴，靠近她的耳边，剧烈喘息的粗气一下顶进她的鼓膜。我跟跟跟跟你说，我知道是男是女了。她把丈夫因过分激动而有点口臭的嘴巴推开。行行，去跟你妈说吧，不用跟我说，我暂时不想知道。丈夫开心地咧着嘴笑，脑袋又向左右扫视了十几圈，掏出自己的手机来蹦跳到一边去打电话了。

她抱着自己的肚子，像抱着一颗地球。丈夫喜滋滋地开着车，连被人压线加塞也不开口骂了，还笑呵呵的。她抱着自己肚子里的地球，看着车外，对丈夫说，哎，跟你商量个事儿。妈呀，什么商量事儿啊，您定，您定！她笑了。以后你进卧室，要是看见我没开灯坐里面，你安静点，也别开灯，好么。丈夫脸侧面那些青紫的筋，还一直没消掉。他的脸还在被笑泡着，但没有立刻回答。

车子拐了个弯，进入拥堵着的高架桥。丈夫踩住刹车，把手从方向盘上面挪到了她的肚子上，擀面杖似的来回滚动起来。行，我记住了。

她已经不记得自己在羊水里面时是怎么呼吸的了。那漫长的九个多月不用气管和肺呼吸的时间。她不记得的事情有很多，这一件好像不那么太算回事儿。因为她不记得的事情将更多。当它破水而出，斩断了那根坚韧的管道，开始学会用肺呼吸了以后，大概也不会记得自己曾经在羊水里面是怎么呼吸的了吧。用肺呼吸，听起来仿佛是件很高级的事呢。还是正好相反？

尽管不想让自己显得那么迷信且神叨叨的，但她开始相信，有些事情，是在羊水中时，就已注定了的。她有时会在冥想里想象它未来的生活。蜘蛛网样蔓延伸展，无数的分叉，复又重合，然后再分叉，再重合。她就这样陪伴它过完了一生又一生。在冥想中。有时她会忽然惊醒。知道自己仅应以这样不干扰到它的方式陪它过完那一生又一生。因为它不是属于她的。哪怕那根连接的线头谁也斩不断。但它只能，只应，属于它自己。

她和它,为彼此提供了通道。这通道,从来都不是单向的。

一切都明亮了起来。气泡在翻滚。她吐出那些气泡,聚拢在自己的身体周围。隔着她与世界的那片毛玻璃般的皮肤,已经变得彻底透明。水域重新清澄起来,一些乳白色的絮状物浮在她的脚下。那是让她可以腾空直起的筋斗云。温暖与冰冷交替循环在含着她的水域里,提醒她,她即将去往一个新的世界。

未知的天空里,淡蓝色云层上生长出新的嫩芽。管道在沸腾着,连同两端的顶点一并滚热起来。她踩住了那风,身体开始升腾,越升越高,几乎能够触到无法命名的星辰。

黑暗中,丈夫沿墙摸索着走进卧室。他不敢打开灯。屋里有什么东西在发光。当他的眼睛终于适应了黑暗,方才看清楚。她坐在一片黑寂中,半透明的肚皮发散着莹莹的淡紫色的光。

2017.8

假山

胡微家楼房西侧对着的那座小公园里所有的灯都坏了。一到晚上，这块地就像被夜给吞了，四周道路都亮堂堂的，只有那里方方正正地瘪了一块进去。胡微说总感觉那里蹲着一只哑巴怪兽，除了形状，声音也能吞得掉。袁亚莉说你比着周围的光，看它轮廓就能发现，那是一只小狮子。小公园里的人行步道每隔两三米就有一个灯架，灯架竖在双人长椅背后。最初应该只是几盏灯炸了灯泡不再亮了，在小公园里谈恋爱的年轻人马上发现这不亮的灯的好处。这几盏不亮的灯立刻成了稀缺资源，每晚都有人抢占这几盏哑灯下面的长椅座位。有一晚一个男青年在连续几日都抢不到哑灯下的长椅后，气鼓鼓地在树丛里捡了一块石头，咣啷一声敲碎了一盏亮得好好的灯。之后不到一个礼拜，小公园里所有的灯都不再亮了。胡微家住三楼，她的房间正对着西侧的小公园，她的书桌正顶着朝西敞开的窗户。那一个礼拜里，胡微常一边写着作业一边就听到楼下突然咣啷一声，随后就是玻璃碴子散一地的哗啦声。

小公园是敞开型的街心公园，不收费，也无人管理。既然是免费的公众公园，自然也舍不得占地太大，像是比对着胡微家的那栋楼房建起来的。胡微家楼房开始的地方,公园的墙就开始了,胡微家楼房结束的地方,公园的墙也到头了。小是小了点,但里面东西还挺全乎。花花草草,步道长椅,树丛凉亭,围在最中央的,是一座假山。假山很矮,好歹比土坡儿高些,站在假山上,差不多能平视二楼的邻居家。山上密密地种着些柳树,从春天发出芽来以后,到夏天枝叶繁盛起来,这屁股大的假山看着倒也像模像样。

这屁股大的假山上,原本就一盏灯都没有。到了晚上还想往山上爬,只能勉强借着下面人行步道上的灯光。自从人行步道上的灯全瘪了,假山就彻底成了一团伸手不见五指的去处。胡母严禁胡微天黑以后去假山上玩闹,夏天也不行(应该说夏天尤其不行),想去找袁亚莉就从公园外墙绕过去找。十年后,当胡微二十岁,世界上所有人的生活和这座假山,都被手机所改变。二十岁的胡微站在自己童年时期生活的闺房里,向楼下望去,将看到那座黑黢黢的山包上散落着点点星光,看起来仿如打包在一方小画框中的微型星空。胡微当然知道那是手机屏幕发出的亮光,所以只短暂地看一眼。现在胡微只有十岁,听从母亲的规训是最简单有效的生存之道。母亲说晚上不能去爬山,那就晚上不要去爬山。

打胡微家出来,穿过人行步道,翻过屁股大的假山,走过架在一口小水坑上面的凉亭,再向前,就走出了小公园的后门。小公园的后门对着一条双向车道的马路。马路对着小公园的地方没有斑马线，想遵守交通规则就要付出向左或向右再走七分钟路去找一个有红绿灯的十字路口的代价。不管大人小孩，从小公园后门走出来以后，都是直接穿过马路，走到对面的小食街上去。大人要穿过去买油条豆腐脑包子小米粥炒饼炒面做早餐或晚餐，小孩要穿过去买零食和其他小玩意。胡微要穿过去找袁亚莉玩儿。

袁妈妈在小食街上经营一家包子铺，卖五种馅儿的包子。猪肉大葱，牛肉大葱，韭菜鸡蛋，猪肉茴香，猪肉白菜。不管一年四季，也不管物价高低，永远只卖这五种馅。袁亚莉早就吃得腻死了，味儿都闻不得，恨不得世界上的猪都死光，牛都绝种，白菜开不了花，韭菜发不了芽，大葱作为送给外星人的礼物全部射入太空。茴香的待遇则不同。袁亚莉认为茴香是外星人送给地球的回礼，感谢地球人给他们送去了大葱。既然是礼物，基本的礼貌态度还是要的，但毕竟来路不明，看看就好，绝对不要吃进嘴里。

袁亚莉家就在包子铺里。走过时刻蒸汽汩汩的铺面，掀开一道门帘就是袁妈妈的厨房，满地胡乱堆着一摞摞的新鲜韭菜大葱茴香，气味冲鼻。好像满地的蔬菜无时不在进行着抢占嗅觉的比拼，大葱想压过韭菜，韭菜想压过茴香，谁获得最后的胜利，袁妈妈从此就只提供这一种馅儿的包子，其他的一概开除。厨房尽头的那面墙垒着几只鼓囊囊的白面口袋，口袋边儿上是一扇木门，推开门进去，就是袁亚莉家。说是

"家",其实更像是包子铺附带的休息室。房间只有十几个平方,比胡微自己住的房间还要小。一张宽大的双人床就占据了将近一半的空间,靠床边东侧顶着一架浅木色大衣柜,西侧摆着一张兼做书桌/餐桌/茶几/电视柜的深褐色写字台,上面摆着一台21寸的熊猫彩色电视。这就是这个家里的全部家当。

胡微第一次被袁亚莉领着穿过蒸腾着包子香气的铺面,穿过呛鼻的厨房,走进这个家里时,惊叹的不是这个家相比起自己家来显而易见的窘迫。她唯一惊叹的是袁亚莉竟然每天跟袁妈妈睡在同一张床上。那日从袁亚莉家玩完了出来,胡微自己爬到小公园的假山上转悠了很久。她把自己跳起来能够得到的柳树嫩枝拽下一截又一截,弯成圆环状,像编辫子一样让它们相互缠绕在一起,编成一只皇冠。胡微在心里给自己列着清单。如果发生了巨大的灾难(包括但不限于超级大地震/火山爆发/打起仗了/家境突变/恶人要挟)自己不得不每天要跟胡母睡在同一张床上,那可怎么办。她设想着各种灾难的可能性及其后果,同时列举着自己将面临惨状的各种反应,几乎被自己恐吓得不敢回家。天一点点黑下去了,再不回家恐怕就要面临真实的灾难,她只得挪腾着双脚向楼上蹭。胡母只瞥了她一眼就抓住了重点,扯过那只嫩柳条编成的皇冠质问她为什么要薅树枝。春天里嫩枝子刚冒出芽来就被你给撅断了,以后树还怎么发育?要是现在有人把你腿给掰折了，你长大了一瘸一拐地还要不要见人？胡微脑袋深深埋在颈窝里，她能闻到自己的脖子和领口的衣服上有一股韭菜味儿。

是袁亚莉薅的。胡微啜喏着说，脑袋仍埋在衣领间，鼻子以不太剧烈的频率抽动着，嗅着自己身上的韭菜味儿。袁亚莉薅的，她薅的你就站着看啊？下次你要教育她，不要这样对待树木，不要这样对待公共财产。听说是袁亚莉薅的，胡母立刻释然了不少，似乎是确认了自己的家教并未失效。胡母把柳枝皇冠递回给胡微，要求她马上去洗手。你要多提醒袁亚莉这些事儿，不然她自己意识不到，她跟你不一样。胡微在洗手间里用香皂仔仔细细地搓着自己的两只手，从指甲到指缝。她知道母亲正站在身后看着自己。冲洗干净以后，要把香皂放回香皂盒里，把盒盖子盖好，不然香气会散掉，厕所里的细菌也有可能沾在上面。她做好一切，回过头，母亲还站在那里。跟袁亚莉一起玩儿就玩儿了，但不能被她的坏习惯影响，你要用你的好习惯去影响她，记住了吗。记住了。所以打一开始，没有任何提醒和暗示，胡微天然地就获得了自己可以将一些小小的黑锅丢到袁亚莉身上去的领悟。她相信袁亚莉不会介意。袁亚莉带她干过很多更坏的事儿，这点小黑锅，袁亚莉会理解的。

失去了所有灯光的小公园将在十五年后才被彻底铲平。步道被掀掉，灯架被挖走，长椅被拆除，凉亭被砸成一堆白色浓汤似的废石料，假山被掘空。谈恋爱的青年人早就不再需要它了，满地乱跑的小孩子们也不需要它，晨起锻炼的大爷大妈也不需要它。所有人都有了更好的去处，没有任何人需要它。如果不是位于市中心，开发成本较高，又是城市绿地规划地块，小公园应该更早完蛋。它变成了一口黑洞洞的坑，跟从前好像差不多，四周道路都亮堂堂的，只有那里方方正正地瘪了一块进去。但里面彻底失去了一切声音。再过十五个月，这口坑变成了一家购物中心。像这座城市里的每一家购物中心同样，地板反射着华丽的亮光，柜台的摆设跟北上广那些大城市里的大商场一模一样，货品的更新速度也在努力追赶那些大城市该有的速度。

小公园被开膛破肚瘫在那里的半年时间里，胡微一次也没敢回母亲家。她招呼胡母到自己新婚不久的小家来做客，或约母亲在外面餐馆吃饭。胡母没有察觉到任何异样，以为女儿沉浸在新婚的喜悦中，更愿意待在属于自己的房子里。母亲当然察觉不到任何异样。这就是事情原本该有的样子。不管胡微心中经历了怎样的波涛骇浪，母亲都不会察觉到任何异样。只有这样她们两个才都能过得好。就该是这样。

二十五岁刚刚嫁给了自己高中同学两个月的胡微，在一个夏夜的凌晨三点站在被开膛破肚的小公园门前抖得像原来小公园假山上的柳树枝条。说是门前，其实早就没有了门，只有开发商漫不经心围着的蓝色塑料板儿。板子上喷绘的广告布展示着这口黑压压的大坑未来将变成金碧辉煌的购物中心的样子。胡微从屁股兜儿里掏出来手机，打开手机的电筒，向大坑里照着。电筒只能照亮眼前的一米。一米的黑暗虚空。一些粉尘颗粒悬浮在其中。胡微想着，也许这些粉尘是属于那座假山的。不管她把电筒照向哪里，都只有眼前那一米的虚空，以及悬浮其中的粉尘。我到底在找什么呢。胡微问自己。找骨头吗。就算是还有骨头，肯定也在假山被掘空的时候一并挖走了。怎么可能会在两米深的坑里。可她仍不想离开。这坑里的黑暗命令她伫足于此，浑身颤抖如柳叶，无法滴下哪怕一滴眼泪。身体的记忆告诉她，她可能在寻找十岁时她跟袁亚莉一起在这里埋下去的那一部分自己。身体知道的事情，胡微自己不一定知道。她柳叶般颤动着的脑袋里想着的唯一问题，是为什么袁亚莉总是能够顺利逃脱的那个人，而自己不可以。

天黑以后在小公园里玩儿捉迷藏是胡母严禁的项目之一。跟袁亚莉成为好朋友之前，这对胡微来说并不构成什么诱惑。因为家属院里所有孩子都跟胡微差不多，放学后可以玩儿一会儿，然后回家吃饭，吃完饭就不能再出门，要写作业或者练乐器、练英语、练围棋、练其他特长。身边所有孩子都是这样生活，你还有什么可说的。只有小食街上住着的那群孩子们，才会在天黑了之后还四处蹿腾，发出各种尖叫怪笑，打闹甚至谩骂。可是跟袁亚莉成为了好朋友以后，天黑之后从胡微书桌顶着的窗户外传来的每一声尖叫、嬉笑、奔跑的呼喘，都成为了折磨。白天时玩儿的捉迷藏，跟天黑后的捉迷藏，根本就不是同一个游戏。在黑夜的包掩下，长椅、灌木、树丛，都凝在一团黏腻的混沌中，无法辨清人的形状。只要你够镇定，沉得住气，在必要的时刻能坚持屏气，那么即便捉鬼的人走到你面前了，还是有可能无法发现你。这个平淡无奇甚至低幼可笑的躲藏追逐游戏在夜的掩护下升级成为勇气与沉着的考验。将身体混入浓厚的黑暗之中，与树木或草丛化为一体，屏住呼吸看着焦虑及至渐渐愤怒的捉鬼人一遍遍从身旁走过，忍住想要尖叫或大笑的渴望，心脏提到了嗓子眼的紧张和无论如何不会被发现的得意交替着冲刷身体，这种兴奋感超越了胡微在人生第一个十年中曾体验过的所有快乐。

袁亚莉总是能顺利地帮胡微从她那沉闷无声的家里偷渡出来，撒入黑夜之中。她们商量好了，次数不能过于频繁，否则胡母会认为袁亚莉将拖垮胡微的学习成绩。每周一次是比较恰当的，个别情况下（比如年节假日），可以容忍两次。帮袁亚莉辅导功课是比较常用的合理借口，有时袁亚莉来敲门时，也会说袁妈妈要外出采货，她自己待在家里有些害怕之类的理由。渐渐地，胡母也不再问她们白日里处心积虑编造的借口了，挥挥手就任胡微走出门去。很多家属院里的家长不喜欢自己的孩子跟小食街上的孩子们玩儿，“怕被带坏了”。胡微始终恐惧着，哪一天胡母会突然关上房门，告诉她，从现在开始不许再跟袁亚莉一起玩儿了。这一天终究是没有到来。胡母为什么会纵容了自己跟袁亚莉的交往,是胡微在童年时想不清楚的一个谜。再大一点以后,她会总结出很多答案。比如,胡微从小就几乎很难交到亲密的朋友。袁亚莉跟胡微太过不同,她是个极度开朗的人。又或者,袁亚莉跟胡微一样,都是单独跟妈妈生活在一起。有时候胡微会想,如果那时胡母真的不许胡微再跟袁亚莉一起玩儿了,事情还会像后来一样发展吗。自己是会更快乐,还是更痛苦呢。

袁妈妈倒是非常喜欢胡微,每次袁亚莉牵着胡微的手走进包子铺,袁妈妈都要爆发出远胜于对自己亲生女儿的热情。只要看到胡微,袁妈妈不管谁正站在热气腾腾的蒸箩面前,都会撇开不顾,把自己油腻腻的手在围裙上蹭几蹭,揽过胡微来捏捏脸拢拢头发,说几句赞美话。有时候还会塞几张刚从顾客那接过来的毛票儿给胡微,叫她跟袁亚莉去旁边小卖部买零食吃。胡微文文静静,学习成绩又好,胡母还是胡微和袁亚莉所在学校的老师,袁妈妈简直对袁亚莉能交到胡微这样一个朋友高兴得不得了。胡微知道袁亚莉对功课一点兴趣没有,但每次去袁亚莉家,胡微还是忍不住要给袁亚莉讲几道题。语文、算数、英文都可以,讲多了袁亚莉会不乐意,十分钟以内还勉强可以接受。胡微似乎希望借此来获取成为袁亚莉朋友的合法性。这些都是袁亚莉不会明白的事儿。袁亚莉怎么可能知道胡微羡慕她羡慕得要死。哪个痴呆会羡慕袁亚莉这样的生活。

不管有没有胡微或其他外人在场，袁妈妈对袁亚莉的称呼永远都是，“兔崽子”或“混球儿”，有时候心血来潮了，也会叫她“龟儿”或“狗剩儿”。要是七喊八喊袁亚莉还不赶紧过来灶台帮手，袁妈妈回身一个抬脚横劈，脚上吊着的拖鞋立刻飞出几丈远，准准地劈在袁亚莉头上。要是距离隔得实在远，袁妈妈就随手抓起身边个什么东西，有时是小蒸箩，有时是抹布，有时是包子，抬手丢出去，也是准准地劈在袁亚莉头上。一看这就是多年练习出来的手艺，百发百中，要是打在脖子上或肩膀上都算失了手，准是打中脑袋。袁亚莉倒是从来也不恼，被劈中脑袋了，就俯身把拖鞋蒸箩抹布包子捡起来，走到袁妈妈身边，拿手里的东西啪叽拍一下她妈的屁股，然后拖鞋套回她妈脚上，蒸箩摆回屉上，抹布堆回灶台，包子丢回蒸箩。袁亚莉拾着东西送回她妈身边的样子，很像一只总是能咬住飞盘叼回主人身边的小狗儿，也不是说有多么欢腾乐意，但总是能乖乖地叼回来。袁妈妈穿回拖鞋时的表情溢满了得意，似乎她每天从睁开眼到阖上眼一刻不停地忙忙叨叨不是为了卖包子赚钱，就是为了可以劈出这脚鞋再穿回去。

袁亚莉有一种不会因为任何事而感到难堪的特异功能。这是胡微特别想拥有的特异功能。但胡微没有，只有袁亚莉有。别说被袁妈妈的拖鞋劈中脸这样的小事，有一次在小公园里玩闹时一个五年级的男生跌了一跤，连带着一把扯坏了袁亚莉的裙子，袁亚莉的屁股蛋儿都露出来了，她竟然不慌不忙地提了提小裤衩把屁股遮住，又继续玩儿了一个多小时才回家。那一个多小时里，胡微根本无法投入，控制不住自己的眼睛始终盯着袁亚莉露出了粉色小裤衩的烂掉的裙子。胡微时常想，如果自己可以像袁亚莉那样，无论是发生在任何人身上的任何事都觉得哎呀这没所谓呀，是不是自己就会过上完全不一样的生活。十岁的胡微还没有真正学会分辨他人发自内心的无所谓和假装的无所谓。有几次去袁亚莉家玩时，胡微留意到袁亚莉会突然快走几步抢先冲进里屋，等胡微走进屋里时，能看到袁亚莉正把什么东西往被子里、抽屉里塞。有时是还没晾干的大红内裤，有时是脏了没洗的衣服，有时是破破烂烂的玩具。塞完了以后，袁亚莉的脸上仍是一副无所谓的表情，该干吗干吗。

袁亚莉不常去胡微家里玩儿，大多数时间她只负责去胡微家敲门，等胡母开门，说出早已编好的借口，然后把胡微拐带出门。袁亚莉为数不多的几次敲开门后走入胡微家中，都是袁亚莉自己要求的，都是同一个理由。袁亚莉扬起自己白白净净挂一块红的脸蛋，甜兮兮地对胡母说，阿姨我能不能借用一下您家的电话我家没有电话。胡母当然不会拒绝。何况袁亚莉每次只打不超过五分钟。这时间差不多也是胡微能承受的极限了。袁亚莉在胡家坐着的每一秒钟对于胡微来说都刺痛难忍。胡微时刻担心再多一秒袁亚莉那双清澈炯直的大眼睛都能看破自己整洁有序生活里的种种不堪，再也无法忍受拥有这样一个懦弱无能的朋友而离开自己。袁亚莉第一次说要打电话而走进胡家时，胡微紧张得恨不能立刻打开窗户跳出楼外去。她坚信打电话只是个借口，袁亚莉是希望借此到这个家里来刺探自己生活的真相。可袁亚莉进门后没有左顾右盼，甚至没有提出要求去胡微的房间坐坐看，她只是径直走到了客厅的电话旁，真的拨起了电话。胡微始终不知道袁亚莉都是在给谁打电话。不过这不重要。

夏天就快要来了。夏天可能已经来了，胡微和袁亚莉都已经换上了裙子。但对胡微来说，只有七月份最燠热无比的那半个月才能叫作夏天。必须要热到皮肤上时刻滚满了黏腻擦不净的黏汗，晚上睡觉要脱到只剩小裤衩依旧会不断热醒的那几天，才能叫作夏天。夏夜里的捉迷藏，对意志力的考验相比其他时节愈加翻倍。假山上的草窠里、树林中、灌木间飞满了各种大大小小的蚊虫甲虫，嘤嘤嘤，嗡嗡嗡，劝你尽早投降。但凡忍不住了，挥挥手驱赶小虫，或是啪叽一声把它们拍死在胳膊上，立马就会暴露躲藏方位。胡微蹲在靠近假山山顶处的一棵大柳树旁，双拳紧握，两只胳膊环抱住自己，兴奋地等待着捉鬼人的到来。她面前有一团半米高的灌木，刚好可以挡住保持蹲姿的自己。一个人影向着山顶晃动过来，胡微的皮肤发出尖叫。人影越来越近，走路的姿势越来越熟悉。那是袁亚莉，不是捉鬼人。就算袁亚莉混在浓夜中混成一团黑影，胡微还是能认出她来。胡微稍稍抬起身，招呼袁亚莉钻进灌木中来，蹲在自己身边。

捉鬼人咋咋唬唬地从假山上跑了几个来回，也没能发现她们俩，又窜到山下去了。袁亚莉却蹲不住了，想站起身来，胡微一把抓住了她。别乱动啊。袁亚莉于是噗通一屁股坐在了地上。你咋那么能蹲着啊，太厉害了。袁亚莉揉着自己麻掉的小腿，对胡微的下蹲能力表示赞叹。胡微把食指放在唇边，嘘了几声。她才不会告诉袁亚莉，做错了功课要蹲一个小时，没考过95分要关厕所两个小时这种事儿。袁亚莉坐在一片土坑儿里，把下巴倚在胡微的胳膊上。唉胡微，这是咱俩成为好朋友一起过的第一个暑假呢。胡微正对着袁亚莉嘴巴的左耳朵猛地充满了血，噗噗噗噗的，能听得到心脏的声音。胡微走神儿了，一只耳朵怎么会听到心脏的声音呢，耳朵又没有贴在胸膛上。一个人自己的耳朵又怎么能贴到自己的胸膛上呢。

胡微你有没有什么最害怕的事儿。袁亚莉问。胡微不需要琢磨就有一个答案。这个答案她不能说。至少不能说给袁亚莉听。好多事儿我都怕，最怕，蜘蛛吧，电影里又大又黑那种，咬一口就死人。胡微想了想，又补充了一项。还有蛇，我特别特别怕蛇。胡微扭头看了看黑乎乎的袁亚莉，那你最怕啥。袁亚莉憋着嗓子嘿嘿笑了两声。我没啥特别害怕的，大部分能克服。最近吧，就怕自己被坏人强奸。胡微不确定自己听到了什么。就算听到了也不确定自己是不是理解这是什么意思。随着日后胡微年龄渐长,真正明白了这个词汇的意思和其背后附加的东西,这个夏夜里黑暗中的对话将对她产生更为剧烈的影响。尽管彼时这段对话将刺破她的肌肉和皮肤,从身体内向外长出一棵张牙舞爪的树来,但在她第一次听到时,它还只是一颗未经浇灌的干瘪的种子,安静地躺在她的身体里。未来它将发芽,沿着她的身体一点点膨胀,胡微将会永远记得,种下它的人是谁。

那你特别想做的事儿呢,是啥。袁亚莉追问。这倒是胡微可以直截了当对袁亚莉说的。我想环游世界,有多远去多远。太好了太好了,你真牛逼。袁亚莉搓起手来,胡微想象着袁亚莉把刚才手上蹭到的所有泥土都一点点儿搓成泥,滚下来。我最想去上海,过上海人的生活。袁亚莉一边搓一边说着。北方人太土了,北京也土着呢,我得去上海,上海是全中国最洋气的地方。我要去上海,过洋气的日子。胡微有些惊讶,你咋知道的,你去过北京,去过上海了?袁亚莉又憋着嗓子笑起来。袁亚莉憋着嗓子笑了又支吾,支吾后又笑,引起了胡微的注意。袁亚莉跟胡微不一样,她从来是个有话就说的人。胡微知道她有话想说,但心里在权衡要不要说给胡微听。胡微猛然间感到异常紧张,两只手攥成了拳头。如果袁亚莉这话最终没有说出口,今天晚上胡微都要睡不着觉了。你知道吗,我爸就在上海呢,全中国最洋气的上海。袁亚莉捂着嘴巴小声说。胡微脑袋顶端的头发一根根立了起来。“爸爸”，是袁亚莉和胡微在一起玩时从来不会提及的话题。两个人都小心翼翼地绕着这个话题走，下意识地不愿成为第一个跳进这个坑里的人。胡微还一直以为袁亚莉跟自己一样，爸爸很早就去世了。原来她的爸爸还在。而且，是在洋气的上海。这个坑，总归还是袁亚莉，率先跳了进去。

八年后，胡微来到了洋气的上海。她在这座洋气的城市短暂停留的四年中，曾有三次确定地认为自己碰到了袁亚莉。一次是在来福士广场的化妆品柜台前，妆容浓艳的年轻女人试完了口红试面霜，挑完了眼妆挑腮红，若无其事又气势凌人地指挥着柜姐把一支支样品码整齐放在自己眼前。第二次是在田子坊的一家咖啡馆里，假睫毛快要扑倒在咖啡杯里的女人倚在一个看着该是她爷爷辈的男人身上，说一句话仰起脑袋来笑一阵，说一句话仰起脑袋来笑一阵，男人始终没有笑过一次，粗壮的手指插在女人染黄枯燥的头发里。第三次是在离胡微学校只隔着两个街区的一家路边包子铺里，女人不知是包子铺的打杂还是老板，盘卷着一头长发蒸腾在一片雾气中，面容模糊，抓起蒸屉夹包子打包收钱的速度极快，蒸汽包裹中看起来她似乎不止有两只手臂。

这三个女人显然并不会是同一个女人。三次里胡微哪一次也没有走上前去。她甚至没有愣一下，或表现出犹豫。前两次胡微正跟同学在一起，最后一次，胡微是自己一个人。每一次，胡微都是故作轻松地走过去，似乎什么都没有看到。如果换作是袁亚莉看到了自己呢，她会不会走过来打个招呼。胡微偶尔会这样想。她觉得袁亚莉不会。袁亚莉并不欠自己什么，自己也不欠她的。袁亚莉很有可能根本就没有来过上海。就好像胡微也从来没能真的去环游世界一样。尽管胡微的一生少说还有三分之二可以过，但她已经明白不会发生的事情，就是不会发生了。

好在这些道理，十岁的胡微还无从知晓。于是胡微蹲在黑暗中的灌木丛里，跟着袁亚莉一起憋着嗓子笑。捉鬼人不知什么时候突然出现在她们身后，大喝一声，哈！可算逮着你们俩了！袁亚莉屁股一挺就从土坑里翻了起来，手脚并用地拽住灌木站起身，黄鼠狼一样嗖地就冲假山下的巢穴老家跑去。捉鬼人一把擒住还蹲在地上的胡微的肩膀，嗓子里蹿出变调的高亢嘶叫，我逮着胡微了！我逮着胡微了！胡微被他猛然下压的力道按得一屁股栽到地上。她心里立刻痛苦地呻吟起来，仿佛被人戳穿了胸膛，扎到心房。完了，裙子脏了，肯定要被母亲发现了。

胡母惩罚胡微的方法很多，几乎每一样都不会带来身体上的太大损伤。只有这么一个独女，胡母心里还是宝贝的，她舍不得。就是因为宝贝，胡母才不能容忍胡微行错路，她得成为胡微的指南针、导向标。人生的道路比铁路上凌乱的道岔更纷杂错综，一个分岔没留神，车子就要撞上山头跌进河沟。

诸多惩罚里，最让胡微受不了的，就是在楼道里罚站。整栋家属楼里，住的都是胡微的语文老师、数学老师、体育老师、音乐老师、教导主任、年级主任……老师们和他们的爱人们（多数也是老师）、孩子们，在楼道里上上下下，进进出出，买菜、遛弯、打水、串门，一个个在胡微身边走过。每当有人走过，胡微只盼望着自己能跟身后顶着的墙壁融为一体，希望自己就是那方灰突突沾满蛛网土灰粉笔末的墙壁。如果哪个不识相的大人小孩要命地来一句“哎呀怎么又罚你站啊”，这个人从此在胡微心里就是死人一个。在学校见到对方，胡微会微笑、点头，文静地呼唤对方的敬称，但在胡微心里，这就是在给对方的墓碑致敬。胡微宁愿母亲像袁妈妈那样，一抬脚把拖鞋劈到自己脑袋上来，一扬手把巴掌扇到自己脸上来。从袁亚莉嬉皮笑脸的反应看起来，那拖鞋和巴掌只是看着过分，打着从来也不疼。可怜的袁妈妈。

那年夏天之后，胡微在街上看到过袁妈妈几回。胡微再也不去小公园和假山上玩儿了，但毕竟住得这么近，尽量躲着还是会碰到。袁妈妈以肉眼可见的速度一日比一日颓败下去。胡微还不太真正理解苍老及其威力，但她能看到的是，夏天来到前袁妈妈蹦蹦跳跳得像是胡微小姨的年纪，夏天过去后，就变成了胡微大姨的模样。等到那年冬天过去了，袁妈妈看着已经跟胡微姥姥差不多了。就连胡母都忍不住在家里念叨，袁妈妈怎么老得这样快，简直有些吓人，老师们都不敢去她家买包子了,看着觉得心里难受。说完胡母总会补一句,这个袁亚莉真的是太狠心了,什么都做得出。

你知道个屁。胡微在心里默默地骂一声。胡母不会比胡微更怨恨袁亚莉。但胡母也不可能会比胡微更了解袁亚莉。她连胡微都不了解,她怎么会懂得袁亚莉。所以,你知道个屁啊。冬天过去后,袁妈妈的状态并没有跟着春天的到来一并复苏。她跟着那个冬天一起消失了。有人说她回老家了。有人说她去北京打工了。有人说袁亚莉原本也是个累赘,现在累赘没了倒也好,袁妈妈一身轻松,找到合适的人另嫁了。胡微哪个也不信。只是袁妈妈消失了是事实。包子铺被一家山东人接手,屉上的蒸汽一天都没断过,大多数买主也并不在意卖包子的具体是谁。大家只是惊喜地发现,招牌上显示不止有五种馅儿的包子可买,现在有九种馅儿可选择了。

胡母很重视节气。每个节气,胡家都要过出点仪式感。这个仪式感主要体现在吃上。春日的春饼,夏日的面,秋日的肘子,冬日的饺子,都是必不可少的。十岁的胡微,吃过了十轮如此的反复循环,尚未感到厌倦。这一年中最为燠热湿闷的一周终于到来,胡微吃过一大碗拌了黄瓜丝豆芽的凉水炸酱面以后,确认了今年夏天算是正式来了。袁亚莉过来敲胡家门,拉着胡微的手前后晃悠着冲进小公园,跟平常一样。胡微发现袁亚莉走路的样子别别扭扭的。她没有牵着胡微的那只左手一直捂在腰上,胡微问她是不是肚子疼,她说没事没事。走到假山的山顶，胡微看到平时她总喜欢用来作为遮挡的那簇灌木旁的柳树上，拴着一条土狗。这条土狗胡微认识，一直在小食街附近跑来跑去的，说是野狗，其实跟小食街的各个摊主共同养着没什么区别。白日里小食街的店主和晚间的夜市摊主常丢些东西喂它，店里的食客也喂它。袁妈妈倒是不太喜欢它。包子圆滚滚的，刚出锅又烫，夹不住掉在地上是常事儿。袁妈妈和袁亚莉趁客人不留意总会偷偷捡起包子吹吹再丢回屉上。不过这只土狗要是瞧见了，一准儿冲过去叼起包子来撒丫子跑掉。

谁把你拴这儿了啊。胡微蹲下身子抓挠着土狗的脑袋，土狗嗓子里嗯嗯了两声。这狗在小食街混迹久了，也不知是不是乱吃东西的缘故，嗓子一直不大好，不会像别人家里养的狗那样叫得又响亮又霸道，只会在喉咙里绵绵地嗯嗯。胡微抬头，看到袁亚莉从左侧腰里掏出来一把刀。夏天天长，天还没有黑透，那把刀在袁亚莉手里晃着银色的光。胡微走神，仿佛看到袁亚莉手里捏着一条可以在空气里游泳的银鱼。胡微知道了，狗是袁亚莉拴在这里的。

咱们把它杀了吧。袁亚莉说，口气跟招呼胡微吃一只包子似的。为啥。胡微感觉自己嗓子里挤出来的音儿带着颤。我想吃狗肉。袁亚莉说。胡微想了想，我可以请你吃，我有零花钱。这不是有狗吗，干吗还花钱吃。这狗脏了吧唧的，我还是请你下馆子吃吧。我不，我就想吃它。为啥。不为啥。胡微不吱声了。胡微脚下的土地开始松动，慢吞吞地挤出了一道缝儿，黑咕隆咚的，只有她自己在向下掉。她想站起身来，至少用眼睛看着袁亚莉，站在可以平视袁亚莉的高度，再说几句话。可她站不起来，双脚都酥掉了。

袁亚莉也蹲了下来，左手还攥着那把刀。是袁妈妈切猪肉的刀，不是剁骨头的那把宽大肥厚的刀，是那把用来把肉切细致的又长又尖的刀，有十几公分长。袁亚莉是怎么把这么长的一把刀塞进裙子里去的。袁亚莉蹲下来，把刚才说过的话又说了一遍。胡微的回答也跟刚才类似。她们就这样车轱辘话翻来滚去地僵持了许久，直到袁亚莉失去了耐心，发起火来。

你给我把它按好，按好！袁亚莉伸手指着土狗，又指了指胡微。胡微的眼泪噗通噗通翻出了眼皮。你不要这样好不好。这就是胡微能说得出口的微弱求救。微弱得不值一提。微弱得在任何情况下也没能帮到她自己。不管是此刻，还是日后，面对着母亲、学长、老师、同事、爱人、孩子，这样微弱的求救，连一次都没能帮到她自己。胡微的眼泪覆盖住了她的整个视野，可双手却不由自主地按在了那只土狗的身上。袁亚莉研究了一下，找到她认为是心脏的部位，把刀子扎了进去。土狗在胡微手下猛烈地抖动起来，嘴里嗯嗯地越来越厉害。袁亚莉没有再指挥胡微，胡微自己却更加用力地按住那只狗。袁亚莉把刀子拔出来，换了个位置，在胸膛，又扎进去一刀。土狗还在抖动，动得越来越轻了，只有两条后腿还在蹬，气力正在流失。袁亚莉把刀子拔出来，递给胡微，说，你也来一下吧。胡微接过刀来，手上并没有力气，她钳着刀在土狗肚子上划拉一下，并没有扎进去。哎呀，滑开了啊，笨死了你。袁亚莉一把抓住胡微抓着刀的手，你应该这样。原来袁亚莉的力气那么大，胡微还从来不知道。刀尖刺入土狗肚皮的一瞬间，胡微能感觉到刀子受到了柔韧狗皮的强力阻挡，但袁亚莉的力气更大，刀子噗叽一声就滑进了肚皮里。

我又不想吃了，咱们把它埋了吧。袁亚莉说。她们俩已经蹲在这条狗的尸体边上好半天了。从狗肚子里流出来的血和肠子已经凝固在了地上。袁亚莉直接用那把刚刚杀过狗的刀子在旁边挖着坑，胡微一动不动地蹲着看她挖。挖了一会儿，袁亚莉失去了耐心。她抓起狗的尾巴，把狗拖进那口坑里。坑太小太浅了，只勉强盖住了土狗的下半拉身子，上半拉塞不进去。袁亚莉把刀子掘出来的土填回去，又划拉了一些树叶浮草盖在狗身上。土狗的脑袋还是耷拉在外面。袁亚莉把刀子放在一边，站起身来，跑下假山去了。过了没一会儿，她拎着一个白色大塑料袋回来了，不知道在哪儿捡的。袁亚莉用大塑料袋遮住土狗露在外面的脑袋，又在塑料袋上浇了一些土。

走下山的时候，袁亚莉问胡微，你是不是生我的气了。胡微摇了摇头，没说话。还需要五六年的时间，胡微才不会时常做噩梦，重回这个傍晚，不会一再回味袁亚莉抓着自己的手把一柄刀子按入狗肚子的手感。还需要八年，她才明白自己的童年，终结于此时的这座假山。还需要十五年，这座如鱼刺般时刻梗在她心头的假山才会被铲平，于物理形态上化为乌有。还需要二十年，胡微才真正想清楚这个傍晚发生的事对于自己的一生来说到底意味着什么。而此时，胡微只想回家。她从未有任何一个时刻，像此刻这样，将那栋总是密布着阴沉冷漠的房屋，视为自己的家。她想告诉母亲，再好的铁路巡查员，也没法时刻蹲守在道岔边，保证火车通过时不会乱入其他岔路。

在小公园门口跟袁亚莉挥手告别时，胡微紧绷如强弓的神经稍稍松弛了一些。一个念头令她焦灼起来。自己以后可怎样面对袁亚莉呢。一些无法叙述明确但又很清晰的东西让她知道，这将是自己跟袁亚莉友情的一次巨大考验。即便这种局面完全是由袁亚莉一人造成的，相信她自己也不能抵赖这一点。但胡微该怎么面对这次考验呢。焦灼了一阵，胡微意识到自己必须得回家了。而且进屋以后必须立刻主动去洗澡，她担心胡母会察觉出异样，她感觉自己全身都散发着将死的土狗那鲜血的腥臭气。她也迫不及待地需要躲进浴盆的热水里，再哭一鼻子。

此时胡微还不知道，自己并不需要为跟袁亚莉的友情而感到焦灼。三天后，袁亚莉便如一缕烟般，消失了。

关于这条狗的事情，多年来胡微只对一个人讲过。她大二到大三期间的男朋友，高她一级的学长。当这个男人一而再再而三地伤害她，让她确信自己绝对不会嫁给他以后，胡微跟他讲了这件事。从头到尾，一个细节都不遗落。向男人坦诚这一切并不是出于倾诉的需要。像胡微这样成长起来的人，并没有许多人那样强烈的倾诉欲。这个男人是胡微的试验品。她想知道别人是如何看待这样一件事的。她想知道这会不会刺痛爱着/在意自己的人。她想知道自己多年来施加在自己身上的折磨是否值得。男人的反应跟胡微设想的相差无几。你怎么交这么可怕的朋友呢。你怎么不反抗呢。你怎么不去跟大人讲呢。如果说还有什么意料之外的收获，那就是别人真的不在意，在你的内部都发生过什么。终于可以不必再费力了。

袁妈妈离开这座城市前的冬天里，胡微每日放学后都要在小食街附近徘徊。冬日的寒风刺穿胡微的棉手套，让她感觉手套里塞着两棵麻木的胡萝卜。胡微在积蓄去跟袁妈妈讲话的勇气，一直积蓄到袁妈妈离开了这里，也没能把能量槽积蓄满。如果世界上只有一个人可以跟胡微分享发生的一切，那只能是袁妈妈。可胡微也知道自己不会比袁妈妈更伤心。胡微在雪地里跺着冻僵的脚，挥动着两棵麻木的胡萝卜，希望来一阵大风把自己吹进袁妈妈的包子铺里，不用自己走进去。袁妈妈会不会觉得自己跟袁亚莉是串通好了的。袁妈妈会不会觉得自己早就知道一切而隐瞒着不告诉她。袁妈妈会不会。风再大也只够刺穿手套的，连抬起胡微套着大棉靴的脚的力度都没有。

袁妈妈是在晚上接近十点时发现袁亚莉失踪了的。胡微已经用抹布醮着凉水擦过了凉席，刷了牙洗了脚，准备爬上床睡觉了，却听到书桌窗户外传来袁妈妈一遍遍叫喊袁亚莉名字的声音。先是喊，兔崽子，混球儿，别疯了，回家睡觉了。声音由远及近，又由近及远，胡微能从袁妈妈的声音判断出，她走进小公园了，她上假山了，她走出小公园了，她绕到西侧大马路了，她又走回小公园了。袁妈妈开始喊起了袁亚莉的大名，袁亚莉你给我出来，小王八蛋再跟我闹看我不打断你狗腿，赶紧出来！胡微的心脏剧烈跳撞起来。胡微知道，有什么大事发生了。她从床上骨碌爬起来，坐到书桌上，掀开了窗户上封着的纱窗，把脑袋伸出了窗外。小公园里黑里咕咚的一片，看不清人的影子。袁妈妈不再喊袁亚莉的名字了，她跑到家属楼下，冲着楼上的一片窗子开始喊胡微。胡微！胡微！我家袁亚莉人呢！胡微双手攀着窗子，整个上半身都探出了窗外，阿姨，袁亚莉今天没找我玩儿，我晚上一直在家自习呢！怎么会呢，我家混球儿下午就出门说找你玩儿去了！胡微刚想说什么，被母亲一把从身后拉住，掭到地板上。胡微的屁股在地板上狠狠砸了个屁墩儿，疼得简直要叫出来。胡母把脑袋探出窗外，尽量压低自己的声音，对着袁妈妈说，袁妈妈你别着急，我们下去咱们再说。

胡母说完把纱窗拉下来，重新扣好在窗子上，回身瞪了胡微一眼。穿衣服，下楼说，趴窗户上嚷嚷什么，像话吗。胡微从地上爬起来，去床头抓起自己的小裙子套上，跟胡母一起下了楼。袁妈妈急得头上腾出了一片蒸汽，脸上脖子上都滚着热汗，浑身皱作一团，像她每日手里捏出来丢上屉的包子。半个家属楼的老师都下楼来了，教过没教过袁亚莉的，只要家里方便的，都出动了来找袁亚莉。大家每人手里一支手电筒，把小公园搜了个遍，又以小公园为中心向东南西北四个方向的街道展开去继续寻找。胡母不许胡微出门，把她锁在家里，自己提了一支手电出门了。胡微爬上写字台，攀着窗户看楼下的大人们呼唤着袁亚莉的名字，一簇簇手电筒的灯光如交织一团的渔网。他们捕不到袁亚莉的。

当晚搜寻不到袁亚莉后，袁妈妈就在众人的建议下报了警。两天后便销了案。袁亚莉失踪的第二天下午，给袁妈妈打来了电话。电话是打到包子铺旁边的小卖部的，小卖部的老板喊袁妈妈来听。袁亚莉在电话里言简意赅地说明了情况。是袁亚莉的爸爸把袁亚莉接走了的。袁亚莉不想再跟袁妈妈一起生活了，她想跟爸爸一起生活。袁亚莉不会回来了，请袁妈妈照顾好自己。电话讲了不到两分钟，还没等到袁妈妈反应过来，对着电话大声嘶骂痛哭，袁亚莉就把电话挂掉了。还没到晚上，这件事已经传遍了小食街和家属院，人人都知道了。

关于袁亚莉的许多事，一直到袁亚莉消失在胡微的生活中以后，胡微才逐渐得知。太难受的时候胡微会安慰自己，也许不是袁亚莉想瞒着自己，只是有很多话是她们两个不愿谈起的。比如她那个在洋气上海生活的爸爸。有一些能够谈论的机会，在夜晚像流星一般划过，也从未真的能被她们给捞起过。没人知道袁亚莉是通过什么方式又跟爸爸联系上的。袁妈妈带着袁亚莉背井离乡已经五六年了。胡微隐隐地感觉到，这跟之前袁亚莉在自己家里打出去的那些不会超过五分钟的神神秘秘的电话有点关联。但她尽量不那么去想。实际上她无法去想自己在袁亚莉出走这件事里充当的任何作用。一旦敞开了这个口子，一切都将无法收拾。袁亚莉是否为了出逃准备而特意挑选了她作为好朋友。还有那条狗。是不是扎入它心脏那一刀后，袁亚莉就再也没有什么做不到的事情了。袁亚莉是想向自己证明这一点吗。那么胡微呢。陪着袁亚莉经历这一切的胡微呢，对于袁亚莉来说到底意味着什么。胡微家的电话号码袁亚莉背得滚熟，这么多年来，却没有一通电话来自于她。

小公园原址上建起来的购物中心，并没有什么太吸引人的地方。像这样的购物中心，城里至少还有二十来家。胡微并没有什么特别的理由要去这里购物。胡微的女儿倒是特别喜欢这家购物中心，主要是喜欢第六层上的宝贝乐园，里面有各种乐高积木可以摆弄，还有大城堡、大滑梯、球球海洋。四岁的女儿已经彻底掌握了如何得偿所愿的技巧，每次一到姥姥家立刻抱住姥姥的大腿，带着哭腔拼命摇晃姥姥瘦削的身体，一切愿望都能在一分钟内得到满足。胡母已经是另外一个人了。柔软、溽热，甚至懦弱。事情似乎总是在这样发展。只是胡微并没有长成新的胡母。如果说在胡微人生前三十年里学会了些什么真正重要的事情，绝不要去复制你自己的母亲，应该是其中一项。胡微跟母亲一点也不像。胡微只是单纯地对女儿亲近不起来。毕竟，谁知道孩子们的心里都在想着什么呢。他们只是看着像是天使而已吧。

2018.3　初稿

2018.6　改定

聚栖

一

安珂对自己所生活的这个小区充满了迷思。小区超市的门前长期流连着一个永远在遛狗的阿姨。阿姨的样貌在五十岁上下,空闲时间看起来多到可以每天连续遛狗八个小时以上。她养着一只似乎患有多动症的泰迪,身体内时刻沸腾着让它以小碎步起舞的能量,以阿姨手里的狗绳为圆心,每日连续舞动八个小时。自打安珂搬进这个小区,第一次下楼找到超市,就看到了这个阿姨和这条狗。阿姨没什么新奇,狗也没什么新奇,直到有一天安珂拎着一袋子食物走出超市,听见阿姨嘶哑着嗓子对着那条狗喊出一连串英文指令:“Sit down! Shut up! Sit down please, and 给我 shut up! You son of bitch!”安珂惊呆了。她心里暗暗为阿姨叫好。尽管这几句英文听起来非常简单,也就是小学水平的祈使句,但“son of bitch”非常符合这条狗的身份啊。这句话用来骂人是蛮恶毒的,用来骂狗就显出幽默感来了。泰迪还真就稍微消停了一阵。阿姨得意地昂起头来,目光恰好与安珂对视上了。安珂慌忙把自己的眼神挪开到旁边的树上,快步离开了超市门口。

在最初的惊艳之后，安珂开始天天盼着能在超市门口碰到这个阿姨跟她的泰迪。她不敢停下脚步盯着人家看，也从未走上前去逗逗那只泰迪顺便跟阿姨聊上几句天。她只是拎着购物袋，从超市门口穿行出去以后，看着那一人一狗，直走到小区花园向着自己所住那栋楼的转弯处再也看不到他们为止。每次用时大概二十秒。这二十秒，渐渐成为了安珂每日生活的一项必需的慰藉。阿姨的英文词汇量不是很丰富，“Sit down”和“Shut up”是她最常用的短句，此外偶尔也能听到她说“Shit”、“Stupid”和“Stop”。大部分都是以S打头的。安珂怀疑阿姨家里的英文词典是不是遗失了一大部分，只剩下S那一章了。

阿姨也不是从来都不跟她的泰迪讲中文。安珂听到过两次。一次她看到阿姨一只手拿着自己的手机，另一只手用力拽住正不断扑腾想冲过去找花园里遛着的其他狗的泰迪，嘴里念念有词，听着像是中文。安珂实在按捺不住好奇，腿一歪，行进的路线往阿姨的方向偏了几度，听清了阿姨正在念的是她手机上的新闻。关于特朗普取消奥巴马医保的一系列影响，叙利亚内战出现新转机，德国大选后组阁依旧问题重重。阿姨给泰迪念新闻的时候为什么不讲英文呢。安珂判断这可能是因为阿姨怕泰迪承受不了这么多人世间的坏消息。毕竟这些对于人类来说都过分沉重了，凭什么要让一只泰迪去分担这份沉重呢。还有一次，安珂加了个小小的班，回到小区已经快八点了，没有力气和心情做饭，她只在超市买了一份麻辣烫准备就这样凑合一顿。她原本以为这么晚了，阿姨和泰迪肯定已经回家休息了，没成想还没走出超市大门，就听到阿姨凄声厉气地对着泰迪叫喊："你为什么就是不听我说呢？为什么！你为什么就是不听我说！"超市亮眼的大招牌的灯光只撒到了门口两三米远的位置，阿姨和泰迪站在三米以外，一大一小两团黑影浓汤一样混沌着相互撕扯。安珂忽然意识到，她很少会听到阿姨的这只泰迪叫出声来。它总是在小碎步地舞动着，要么就是狠命地扯拽着自己脖子上的狗绳，就是从来不叫。安珂站在超市门口愣了一会儿。愣着的时候，她忽然很想把自己手里拎着的麻辣烫递过去给那个阿姨。阿姨肯定是不缺她这一口吃的，但她就是很想把这口刚烫完的又热又辣的吃食给阿姨递过去。等她恍完神儿了，那一大一小两团黑影已经相互撕扯着化进夜里了。

七号楼位于整个小区的中心地带。所谓中心地带，就是整个小区的楼群以七号楼为圆心涟漪状向外散开。从建筑学的角度来讲，安珂认为这种铺列方式很不走心，因为这种格局会导致七号楼整个被包裹在众楼之中，朝南朝北采光都不好。但从声场学的角度来考虑，七号楼可以说就是位列整座小区声场扩散的最佳位置了。站在七号楼的任一楼层中，喊一嗓子，那声音基本上都可以涟漪状地向整座小区扩散开。这就跟安珂住着的十一号楼很不一样了。十一号楼位于小区的外围边缘位置，虽然采光相对较好，但声场条件差，站在楼里任你向外怎么呼喊，声音也传不到十二号楼以外。

正常情况下，人们选择住房是不会考虑到声场的传播价值的。安珂住过来之前也没考虑过。七号楼住着的一位阿姨让她开始注意到了这一点。在很长一段时间里，七号楼三楼朝西的一扇窗户会在晚上十点钟准时敞开，一位阿姨把自己的头从窗户里伸出来，放开嗓门儿向小区的楼群中高喊："××大学新闻系的张××教授天良丧尽！他诱奸年轻学生，贪污研究经费，破坏他人家庭，滥用行政职权！此人厚颜无耻，遗臭万年，过街老鼠，人人喊打，实该斩首示众，千刀万剐，永世不得翻身！"话音一落，阿姨便把头收回窗内，随即关上窗户。大概隔三十秒左右，窗子再次打开，阿姨伸出头，将这段话一字不落地再重复一次，收回头，关上窗。这样周而复始，一直持续到十点半，那颗头收进去，就不再伸出来了。

在七号楼阿姨坚持不懈每日半小时的人肉广播时段，安珂从家里溜出去躲在七号楼楼下偷看过她好几次。安珂很想知道这个声音的主人是个什么样的人。这位阿姨还挺会保护自己，每次打开窗户高喊的时间段里，身后的房间内总是关着灯的，始终看不清她的脸。只能隐约地看到她的轮廓，不胖也不瘦，长发盘成一个很大的卷，顶在头上。她的身体很有表现力，带动着整个一套动作都充满了节奏感：左手打开窗插销、右手推开窗、两手同时收回抵在腰间，一口气顶上来，声音洪亮高亢，有着领袖演讲式的十足压迫感，右手拉回窗、左手扣死窗插销，这套动作就算一气呵成地完成了。长时间以来，阿姨从来没念过错字，没打过磕巴，没做错过动作，也没一个字吐得含糊不清。她的喉音听起来甚至像是专门经过了某种训练，或许是表演训练，或许是播音训练。这个就很难通过躲在人家窗户下面偷窥来判断了。更难判断的，大概是这位阿姨跟张教授之间的关系。她会是被欺负的学生的家长，还是被挤占了科研经费的同事，会是被破坏了的家庭的成员，还是被滥用职权伤害排挤的人。在轮番想了个遍这位张教授有可能做过的各种值得千刀万剐的恶事后，安珂想到了一种大胆假设。如此需要持之以恒且耗费真气的事情，应该只有还眷慕着张教授的他的妻子才能干得出来吧。去年进入仲夏以后，七号楼三楼朝西的那扇窗子再也没被打开过了。

二

这座小区最初吸引安珂的地方是它在傍晚昏黄的暮光残留下形成的星河舰队般的阵势。晚霞曦光微弱，天云酝酿着墨色，但还没来得及泼下来。一整片十几栋楼浓绿色的落地玻璃窗中射出星星点点的各色灯光，不管这些家里装的都是什么颜色的灯管，被这浓绿色的玻璃统统一滤，就显出来些科幻大片里常见的那种星河舰队式的幻光。安珂心里悄悄感慨，真不知道这开发商是怎么想的。不过看着还挺带劲。小区是集中供暖，烧着锅炉的那栋楼楼顶连续不断地向高空喷吐着白花花的浓雾。站在远处一看，会恍然感觉这群冒着绿色幻光的编组舰队是靠烧锅炉供应能量的，烟气滚滚地随时准备着攒够了能量点火起飞。传说中的蒸汽朋克啊这是。

带安珂看房的中介小伙子喋喋不休地说着这小区的各种好处，安珂却完全被聚集在小区广场上跳舞的大爷大妈们给吸引了。具体地说，是被其中一位大爷给吸引了。这位大爷站在队伍的末尾，而且始终处于队伍的末尾。每当有新加入的人站在他身后跟着一起跳起来，他就一边跳着一边不动声色地向后挪蹭，直蹭到自己又重新处于队尾为止。这小区的广场舞阵容呈现出可喜的性别平等态势，参与其中的大爷数量几乎可与大妈数量相抗衡，有两位大爷甚至跻身到队伍前排的领舞阵容中去了。这位队尾大爷，相对显得有些放不开。他大部分的步伐都没有踩在音乐的节拍上，动作也很少跟前方归整划一的舞步一致，而是自成一体地歪七扭八随性甩动着。那些不太熟悉舞步的人，眼睛都是紧盯着前排领舞的，但他的眼神在空气里飘来飘去四处扫荡，落在哪里完全没个数。一曲播放完毕后，到下一曲响起之前那十几秒的空当里，所有人都松下来一口气，抹抹头顶的汗，甩甩紧绷的胳膊肉，向身边的人投过去几撇默契的笑容。队尾大爷却在此时猛然炸起，他双手举高，两腿分开，剧烈地抖动着自己的双臂，上半身像是跟下半身分了家一样快速地前后左右摇晃，像一只尾巴被螃蟹钳住了的水母一样抽动。就在这音乐消失了的十几秒空白里，队尾大爷撒出了迷狂的舞步，但仅限于这十几秒的空白。下一曲音乐响起，队尾大爷立刻收起自己的舞步，进入到新一轮的随性摇摆中去了。

中介小伙子看安珂焊在了地上似的盯着广场不肯走，慌慌张张地跟安珂解释："姐，甭操心甭操心，我那房源是十一号楼，离广场远着哩，关上窗户一点听不着。"安珂嘴里嗯嗯啊啊地应和着。租金跟她的预算相符，房型不大不小一个人住正合适，离公司也不算远，还有这么迷人的广场舞大爷，干吗不住这里呢。搬过来不到一个月，安珂就喜欢上了这座小区。中学以后没再有过的"很想早点回家"的感受每天下午三四点就燃起在她的身体里，催促她尽快完成工作不要拖到加班。她很快就发现了弥漫在这个小区里的更多迷思。

安珂认真思考过这个问题，为什么这座小区如此奇特。会不会是因为开发商将这片楼群设计得过分特别，经过一番逆向选择后，购买和租住在这里的人便也就是比较特别的那一拨人了。还是其实自己以往居住过的地方也总是有着各种各样奇特的人和事，只是自己一直太忙碌了，忙碌到没有时间抬起头来向四周望一望，才没有发现的。生活跟时间搅混在一起，河流似的推着她向前走，推到哪里停下来了，她便在哪里坐下来看一看。等到河水又推着她向前走，她便继续走。她没想过要跟河水太过较劲，从小到大的经验告诉她，较劲总归是没什么太大好处。还是河水推着她走她便走这样顺其自然些更舒服。

小区里拥有数量庞大的流浪猫。每当天气晴好，太阳冒出来的时候，楼群和楼群之间，小区花园中，还有中心广场上，就趴满了一地的猫，眯着眼睛、肚皮翻开、四仰八叉地平铺得到处都是。安珂很快发现，之所以能聚集起这么多的流浪猫，是因为六号楼有一位奶奶每天在喂食它们。奶奶每天早中晚各三次，拎着满满一袋猫粮从六号楼颤悠出来。奶奶腿脚不是很利索，左脚有点跛，她拄着一根拐杖，走得很慢。六号楼的楼下住着一只大白猫，这只大白猫通体雪白，一丝杂毛都没有，只是经常在花园里滚得灰头土脸的。大白猫猫如其名，叫作大白。每日奶奶一走出楼道门，大白便伸个懒腰站起身来，跟随着奶奶一路行进，去给全小区的流浪猫喂猫粮。奶奶拄着拐走得慢，大白每走出几步去，就要停下来等奶奶跟过来，等奶奶走过来了，大白再继续向前。奶奶把猫粮从袋子里抖落出来给猫儿们吃的时候，大白并不吃，大白只是昂着头逡巡在猫儿们的身边，然后护着喂完了饭的奶奶继续向前。大白不吃那些猫粮是因为大白有自己单独的猫粮，装在奶奶衣服兜的小袋子里。等到整个小区逛完了一圈了，大白护着奶奶回到六号楼楼下，奶奶会从自己的衣服兜儿里把那个小袋子捞出来，把单独给大白的猫粮自小袋子里抖出来给它吃。安珂自己不养猫，搞不太明白这大袋子里的跟这小袋子里的猫粮具体有什么区别，但她想着这两者之间的区别应该还是挺大的。小袋子里的猫粮应当更金贵些，肉味更浓厚，或者营养含量更高，如果是同样的猫粮，只是分成了不同的袋子来装，大白难道闻不出来吗？大白给奶奶一路护驾走路的架势，跟它俯视着群猫噌噌低头吃大袋子里猫粮的凌驾气魄，让安珂相信大白卓尔不凡，肯定不会连猫粮的味儿一样不一样都闻不出来。

小区的超市里就有一个专卖宠物用品的购物架。有一次安珂突发奇想，在那只架子上挑了一只标价最高的金枪鱼罐头，不到巴掌大的一小罐就要二十几块钱。她把那只罐头捏在手上，冲着六号楼走过去的路上心止不住地噗通乱跳，竟有了跟野男人偷腥似的心情。大白卧在楼门口的草垫子上，那只垫子也是奶奶给它放的。安珂四下打量了半天，蹲下身去，撬开罐头，把鱼腥气四溢的罐头伸到大白鼻子头下面。大白把鼻子伸过去嗅了嗅，居然又趴了回去，并不肯吃。安珂一时感到尴尬。简直像是自己衣服都脱光了躺好在床上，对方却坐怀不乱无动于衷。尬蹲了一会儿，安珂想到也许这是大白的忠心作祟，不愿在人前轻浮，就起身佯装走开，躲到了楼的拐角处继续观察。躲了快十分钟，还是不见大白动嘴，她只好回家去了。第二天又绕过去看，那只罐头原封不动地摆在原地，罐头里的鱼肉都冻得硬邦邦变色了，连鱼腥气都闻不出。安珂从地上拾起那只冷罐头，丢进了花园旁的垃圾箱里。

三

跟这个城市里差不多所有的大型社区一样，这座小区的居民楼中藏匿着不少处于灰色地带的私营小商户。他们在浓绿色的落地窗外挂起一张写着自己经营方向的纸牌，就算是开张了。也有对自己的小生意很上心的，就会在窗户里面镶上一块LED灯牌，循环播放展示自己的经营范围。当然这样一来风险也将随之上升，万一工商来纠察的话，灯牌的罪过肯定要比纸牌大。惯常都会有的小超市、小打印店、小中介、小饭馆，这里自然一应俱全，号称自己的产品除了可以涂脸也能够吃的美容店、号称使用海带红酒提取物做成染发剂的美发店、号称帮你无息贷款信用卡套现的不知道什么店，这里也有好几家。在小区里散步时，安珂会观察一下这些灯牌的变化，哪些开不下去了，谁又出了什么新花样，偶尔还是能有点惊喜的。比如，去年开的宠物寄养店，今年推出了新业务，可以替你永久代养你的宠物，每天给你发送宠物照片和视频来慰藉你对它的思念，将来宠物死了还能给你安排丧葬一条龙服务。还有一家新开的店，据称拥有大量优质的一线话剧演员资源，可以根据你的订单需求随时扮演你的男友女友老公老婆爸妈爷奶上司客户讨账的送钱的抬杠的搭腔的，出现在你需要他们出现的任何场合里，计时收费周租月租还有优惠，磨合出默契来了还能签订长期合作协议。

观察归观察，安珂基本上不会走进到这些小店当中去。这些开在她生活着的楼宇中的小店，跟大街上商业区里的店面不同。这些藏匿于住家里的小店，在安珂看来并不像是承载着纯粹商业含义的买卖，那一间间推门进去就会发现连空气里也充满着日常生活气息的住家，是一个个藏在买卖背后的人的生活。安珂不习惯就这样走进别人的生活里。她更习惯于观看。对于她无法进入的生活，她从不觊觎，就是连观看，也不想看得太多太明显。

大概是由于人类整体上开始变得越来越懒惰的缘故，能够在小区范围内解决的事情，大家都倾向于不再走出小区外去解决。小区里各家商户间的生意竞争也随之激烈了起来，竟然也开始需要地推人员来推广各家的广告了。一个简单的地推广告，也能看得出各家的心思来，高下立见。有的雇几个年轻的大学生，站在小区入口处把印制粗劣的小单页强塞进来往的行人手里。有的挥舞着手机上的二维码追在你身后非要你扫一扫。有的把按摩床直接摆到小区广场上，趴上去可以免费给你来个十分钟的理疗体验。据安珂观察，尽管小区里的地推手段越来越眼花缭乱，但相对高明的推广手法，背后都有一个其貌不扬的小伙子在操盘。这个个头不高、长相扁平的小伙子堪称这家小区的地推之王。

小伙子第一次被安珂注意到时，他正全身包裹在一只维尼熊的人偶衣服里追着院子里的小孩子尖叫着满地乱跑。小孩子的笑声叫声是连环炸弹，一个点爆了马上就跟着有另一个爆起来，用不了太多时间，整个小区里五岁以下的小孩子就全部围了过来形成了惊人的“大型爆破”现场。小孩子们人多势众以后，开始对维尼熊的追击进行倒逼，维尼熊在一番抱头鼠窜后终于被小孩们团团围住，掀倒在地，扯熊毛，拽熊尾，骑熊腰，坐熊脑。熊脑被几个野性难驯的小男孩七坐八坐，又拉又扯，最终从熊身子上滚落下来。这时候小伙子一个弹跳起身，顺着熊脖子处的开口从怀里拉出一道红色的大横幅，展开在双手之间，冲着小孩子们和站在一旁捂着嘴笑的父母们大声吆喝起来：“欢乐园小饭桌，带给孩子们的不仅是每天课后丰富的饭菜，更有满满一屋的欢乐！就在十号楼1301，就在十号楼1301，就在十号楼1301！”连续吆喝了四五遍以后，小伙子把大横幅顺着熊脖子再一点点塞回去，爬进广场边的灌木丛里，把被野性难驯的小男孩踢进灌木丛里的熊脑袋扒拉出来，夹在胳肢窝下面。

除了维尼熊人偶大作战以外，小伙子还首创了灌水气球湿身大作战，认生僻字换晚饭大作战，健身器械变身亲子活动大作战，以及夕阳红版八分钟集体快速相亲大作战等等推广活动。很多时候参与其中的人都不知道他具体是在为什么商家的什么商品做推广，这一点完全不妨碍居民们参与活动的热情，却时常令商家感到恼火。恼火归恼火，小伙子依然受到小区内各个商家的追捧，好像什么事儿被这小伙子一折腾，不管客人有没有来到店里，至少会被整座小区的人一下子都知道了，保不齐哪天就晃悠过来了不是吗。

安珂原本以为小伙子并不住在小区里，直到有一天在小区超市里看到他穿着大裤衩和拖鞋在买泡面啤酒火腿肠。两大盒康师傅红烧牛肉面盒子上立着三瓶燕京啤酒，每瓶啤酒缝隙之间都塞着一根金汇火腿肠，所有这些东西，就卡在他打成弯的左臂中。他右手攥着手机，激情澎湃地对着手机宣讲自己的事业版图："李总你相信我这绝对绝对是一片蓝海你这时候带钱入场一定可以打出一片天地来！你知道全中国有多少盲人吗你知道全中国有多少专为盲人设计的APP吗我说出来能吓你一跳你不要以为这是在做慈善当然了这项事业极其伟大等我们做成了那绝对是既能赚到钱同时也是大慈善你们成功人士都愿意回报社会对不对这就是赚钱外加回报社会的大好时机啊！据我观察我国有一大批盲人兄弟具有相当的购买力却苦于没有适合他们消费的网络服务和网络游戏现在入场就是绝佳时机再晚可就不是蓝海了！"

安珂跟在小伙子身后结账，看着他左臂弯里那三瓶随着他说话的节奏一再颤动摇摇欲坠的啤酒瓶，想着待会要是瓶子滚下来自己是接一把还是不接。小伙子的生意还没有谈完，安珂已经被他说服了，要是手机对面的人是安珂，这笔投资恐怕很快就能打到小伙子的账上来。让安珂略感惊讶的是，小伙子竟一路向着十一号楼走过去。难道一直以来他们就是住在同一栋楼里，怎么自己从没留意过呢。走到了楼门，小伙子并没有走进电梯间，而是向着楼梯间拐去，顺着楼梯向下走去。楼下应该是停车场啊。安珂自己没有车，从来没有去过位于地下室的停车场，她以为电梯里“–1”和“–2”层指代的只是停车场而已。

向下延伸着的楼梯跟向上延伸的楼梯并没有什么区别，只是在一楼处打了个弯，继续向下而已。小伙子讲电话的声音越飘越远，显得有些若即若离了，安珂跟着向下走了过去。原来“–2”层不只是有个地下停车场而已。在停车场旁边，有一片地下室小隔间，看起来难以判断是楼盘建成时就盖好的，还是后来被谁给改建的。一间紧密连着另一间的房门上，分别挂着一个金属号牌，非常直接地从“1”开始升序向后标去。小伙子一边讲着电话一边向深处走去。走廊里游走着很多男男女女，在外接的水池里刷牙洗脸擦身子的，在开水房打开水的冲泡面的，敲着其他人半掩着的房门叫人组队打游戏的，整条走廊里热气腾腾，混杂着下水道厕所煮饭汗水鞋袜空气清新剂和泡面火腿肠的复杂气息。一个倚在公共厕所门前的小女孩正抱着手机打电话，她似乎意识到了安珂作为一个闯入者对于他们的注视。小女孩嘴里没有停下来继续讲着电话，但是眼睛死死盯着安珂，那双夹杂着不明含义但显然不太友好的大眼睛一下子拍醒了安珂，她急忙转身，慌慌张张地朝着向上的楼梯逃过去。

四

在安珂住在这座小区的三年时间里，一共有两个男人来过她的这间小公寓。其中一个是她交往过一段时间的男朋友。这个男朋友跟她之前交往过的男朋友也没什么太大区别。没什么严重的缺点，也没什么非常显著的优点，相处还算平稳，分手也分得还算平稳。另一个男人是她的同事，不同部门不同产品线，平时业务上交流也不多，属于那种在公司大堂碰到会寒暄在公司开大会时吃饭可以闲聊几句家常的普通同事。不知道怎么就在一次应酬酒局上碰巧坐在邻座多聊了一会儿，酒局散了就自然变成同事送她回家一直送到了家门口，随后又自然变成了请同事进门喝口茶歇一会喝着喝着就躺到床上了。一切都很自然，就像安珂自己早已适应的生活那样，河水把她推到哪里，她就流向哪里，太过较劲总归是没什么太多好处。同事以为她睡着了以后屏着呼吸起身，在黑暗里摸索着衣物穿好安静地关好门离开。她在黑暗里睁开眼，发现卧室窗帘没有合上，从卧室的窗口望出去，可以看到正对面十号楼里还未熄灭的点点亮光。她按亮手机，已经快三点了，抓紧时间睡一会还能再睡五个小时。于是她爬起来走到窗前，准备把窗帘关好，不然六点以后刺眼的阳光就会提早晒醒她。就在这时，她第一次看到了十号楼的那个女人。

十号楼跟十一号楼之间的直线距离大概有五十米，白日里并不会感到这个距离有什么问题，没想到到了深夜，两栋楼之间的距离近得仿佛推开窗就能跳到对面似的。夜晚浓重的黑色抹平了一切白日间的杂色杂物，仍然还透出光的地方便凸显出来。整栋十号楼只还亮着四五盏灯，那个女人家的灯则显得格外刺眼，大概是因为女人一直在灯底下走来走去，一丝不挂。她白花花的肌肤加倍反射着白花花的白炽灯，整个屋子都被这一大片的白花花给填满了，白光刺透了黑夜呼之欲出。女人除了赤身裸体之外似乎并没什么异常，时而站在窗边晾袜子，时而走到客厅里倒杯水，时而抓起手机不知给谁打着深夜电话。等安珂觉察过来，她已经站在窗边盯着这个赤身的女人看了许久。安珂把窗帘合上关好，躺回到床上去，努力让自己睡着，不然早上起来脸色一定没法看。

尽管独居，安珂的睡眠习惯始终很规律，如无特别推脱不开的应酬都会在午夜十二点前收整完毕上床睡觉。自从发现了那个赤身女人以后，安珂每晚睡前关窗帘时都会在无意间向那个女人的窗户一侧瞥一眼。她感到自己这样的行为不妥，即便是无意识行为也需要控制，因此每次关窗帘的动作都越来越利索迅速。尤其是当她发现那个女人赤身并非偶然，而是习惯如此。时常在那么急匆匆的一瞥里，她会看到女人正赤着身做瑜伽、削苹果、冲咖啡、吃外卖、看电视、墩地板，哪怕在冬天里也是如此。北方的冬天暖气足够暖，但像安珂这样身子单薄的人在房间里还是至少要穿着棉绒睡衣的，对面的女人看起来身子像安珂一样单薄，却在大冬天里也感觉不到冷吗。一扇从来不挂窗帘的落地窗，每夜晃动着一个赤身裸体的女人，在能够得以一窥的人看起来，似乎是一种邀请吧。尤其是对于男人来说。安珂有时会想，不知道会不会有人按捺不住深夜的寂寞，跑到对面楼上去，敲响女人的门呢。楼层和门牌可以通过目测这扇窗户轻而易举地计算出来。而这个女人，真的是从小的生活习惯使然，还是确实在向外发出邀请呢。

三月里的一天晚上，安珂看到赤身女人自己在客厅里烧起了一锅热腾腾的火锅。火锅的雾气升腾，萦绕在整个房间里，将白炽灯团团环绕起来，让整个房间的光亮看起来没有那么灼目了，透着一种飘忽不定的柔和感，女人赤裸着的身体也不那么刺眼了。安珂看得发呆，手里拉扯窗帘的动作凝了下来。女人先是蹲在锅前面东涮涮西涮涮，随后起身，端着一只瓷碗，站到了落地窗前。女人捧着碗，碗中的热气不断向她脸上扑过去，她认真地挑起碗中的食物吃着，吃着吃着，不知是辣到了还是怎么，忽然捧着碗跳了起来。不是一惊一乍那种愣跳，是跳着舞的跳了起来。旋转、踮脚、颤动、回身、下马、摆头。舞步绝算不上优雅好看，但也不算丑到露怯。也许她小时候还学过跳舞，芭蕾、民族舞都有可能，在少年宫一类的地方。她跳够了停下来，吃东西的动作也停了下来。女人站定在落地窗前，一动不动，向对面的楼宇望着，不知道在看什么。正对着她的这栋十一号楼共有三十层，每层十二户，有六户的窗户面向着她家的方向，她住在八楼，所以理论上来讲三楼以上二十楼以下的住家可以凭肉眼就能看到她，一共是十八个楼层乘以六总计一百零八户。这一百零八户当中，有多少人看到她的此刻呢。她此刻又到底想看到谁。安珂把窗帘拉好，躺回到了床上，努力让自己睡着。

来到北方上大学之前，南方人安珂从来没有吃过叫作煎饼果子的这种食物。大学时候她一度很喜欢吃，不管爸妈怎么唠叨她那里面夹的炸果子不干不净千万要少吃，她还是忍不住每天至少吃一顿。工作以后她不再吃了，不是觉得不体面太凑合，大概只是大学时候吃伤着了。搬进这座小区以后，她又开始吃了起来。因为小区里做煎饼果子的小伙计实在太吸引她了。同样都是摊煎饼，砸鸡蛋，涂酱料，放果子，折吧折吧卷起来的工序，这个小伙子完全做出了艺术的高度。不是他摊煎饼的手艺有多高明，只是他做起这些事来的状态，无限接近脑子里被各种疯狂的想法充斥着而激情爆发陷入迷狂的艺术家或诗人。小伙计的头发永远是油腻腻的，总是长到能遮住眼睛跟耳朵，他的脑中似乎持续高响着动感激昂的劲舞金曲，只有他自己能够听得见，脑袋不住随之晃动。在整个摊煎饼果子的工序中他高强度地调用起了全身的能量，肢体动作幅度惊人。舀出面糊的动作像是歌手巨星垂手谢幕，旋转出面饼仿如功夫大师推手摆阵，砸开鸡蛋似乎傲世侠客取下人头。吃着这样做出来的煎饼果子，一口连饼带薄脆果子咽下去，仿佛服下了一口真气。在搬离小区之前，安珂做的最后一件事，就是赶到小伙计的煎饼果子摊，买了他一只煎饼果子。小伙计一如往常地发挥稳定，哐哐哐地把煎饼卷好递到安珂手上。安珂吃下一口，才觉得有力气回到那辆装满了她家具行李的金杯车上，离开这里。生活缺了我们的，总有食物补回来，这是爸爸以前给她做各种好吃的时常说的话。

这套公寓在过去的三年间，房租已经涨了将近百分之五十，大大超过了安珂的预算。安珂很喜欢这里，但也没有喜欢到要付出超过预算百分之五十的代价来换取。生活的河水又推着她向前走，那就继续走呗，太过较劲……嗨，不说了吧。新住房的条件还算不错，租金跟她的预算相符，房型不大不小一个人住正合适，比之前的小区离公司远了四站地，也算可以接受。其他也没什么了。偶尔吃饱了饭，卧在沙发上，安珂会想一会儿泰迪阿姨、七号楼阿姨、广场舞大爷、大白奶奶、维尼熊小伙子、赤身女人和煎饼小哥，想想他们现在正在干什么呢。但也就想一小会儿。

2018.1 初稿

2018.3 改定

森林里的七个夜晚

献给我的父亲

第一夜　1992年4月7日

为什么别人都能被治好，就是我不行呢。我到底出了什么问题了。

叶琬手里薅着洋娃娃金色卷曲的长发，每走一步，娃娃的身体都在空中甩一整圈。甩来甩去这一路，洋娃娃白皙修长的左大腿已经不知道甩到哪里去了，金色花边陪衬下的粉红色裙子上也沾满了泥巴。她就是故意的。不过等爸爸发现时，她准备跟爸爸说是不小心甩丢的。反正最开始她也不想要这个破娃娃。

今天真是糟透了。什么狗屁生日，什么狗屁爸爸。叶琬甩着娃娃，越来越用力，娃娃的身体疯狂地旋转着，像一只亟待飞入云霄的直升机，终于"嗖"的一声从叶琬手里脱离开，飞向了树丛里。这下可好了。本来叶琬就看不清路，树林里又黑咕隆咚的，这破娃娃可真会找麻烦。应该把它找回来，不然爸爸肯定气死了，上午才刚刚买来的新娃娃。叶琬向着娃娃落地发出声响的方向一步步摸索着，眼睛好像越来越看不清了。

大人永远把你不想要的东西硬塞给你。先是这个破娃娃，然后是操场上的事儿，接着是逼你喝自来水。什么狗屁生日。

树林里其实有亮光，树林外的人行步道上每隔不到两米就有一盏路灯的，但叶琬就是看不清。她看不清东西已经有一阵子了。医院的大夫说应该戴矫正眼镜，但爸爸不乐意。他非说一戴上眼镜就再也摘不下来了。可明明他自己都一直戴着眼镜，除了睡觉时候从来都不摘下来，一摘下来叶琬都不认识他了。那眼镜算是长在爸爸身上了。叶琬觉得有一副眼镜长在自己身上也没什么，看什么东西都模模糊糊的才叫她难受呢。可爸爸就是不乐意。他有什么好不乐意的，大夫都说了，这近视眼都是他传染给叶琬的。这个破爸爸。

树丛中的树叶踩上去，声音是沙沙的，脚底板的感觉是软绵绵的。小树枝踩上去，声音是嘎吱嘎吱的，脚底板的感觉是脆生生的。小石头踩上去，没有声音，脚底板会突然刺痛一下。叶琬用脚底板和耳朵探查着路，从左边的树探到右边的树，向前一步走，再从右边的树探回左边的树。

迂回着向前探了三四米，终于踩到了一条滚长的东西，既不是软绵绵，不是脆生生，也没有刺痛脚底。叶琬蹲下身子，摸到了一条光滑的小胳膊，紧接着摸到了缠作一团的头发。

她气鼓鼓地坐在地上，嫌弃地揪住那团头发把娃娃从地上拎起来举到眼前。娃娃的漂亮脸蛋脏得一塌糊涂。要是爸爸为此发脾气，叶琬就打算大哭一个，她已经憋了半天了。

三个多月之前，爸爸就答应生日礼物给她买那个大恐龙骨架了。是在爸爸带她去市博物馆看展览的时候答应的。那个摆在博物馆货架上大恐龙的骨架，由四十几块骨块碎片组成，可以像拼积木一样拼接起来，拼好了以后有叶琬脑袋那么大个。最棒的是，骨架是夜光的，晚上关掉灯以后，就会有一个夜光的小恐龙站在叶琬床头了。爸爸信誓旦旦地承诺过，叶琬六岁生日当天（一定得是当天），就把这个夜光恐龙买回家给她做生日礼物。

可结果呢。结果白白等待了三个多月，今天等到的就是这么个破娃娃。

爸爸就是嫌弃我。就像我嫌弃这个破娃娃一样。叶琬拉扯着娃娃身上的粉红裙子，纱织的裙子噗叽噗叽地一点点裂开。因为我有近视眼，我才六岁，就什么都看不清晰了。他还觉得我不听话。娃娃的眼珠子上方挂着两条又硬又长的大睫毛，叶琬气得想要把这大睫毛薅下来，使劲儿薅了几下，没有一根掉下来。爸爸早晚不要我了，就像妈妈一样。他就是嫌弃我。气功大师也治不好我，他肯定不想要我了。

叶琬抽了抽酸涩的鼻子，下午在操场上闻到的那股头发烧焦的味道又飘浮在她身边。臭烘烘的，比屎还臭，还有一股煎带鱼煎煳了时冒出来的焦味儿。臭味儿从她的头顶飘过来，也从其他人的头顶飘过来。大日头挂在天上，把所有人的头发都给煎得焦煳了。市体育馆操场正中央被人用黄色的绸带子围起来一个正方形的场地，只有买了票的人才有资格走进绸带子里头去，其他人只能在绸带子外头伸起脖子向里面瞅。围起来的场地中央倒是宽敞，外面就人挤人挨的，爸爸怕叶琬挤丢了，一直把她抱在怀里。他们来得晚了，不得不从人潮最外层向里圈一路挤进去。

爸爸太瘦弱了，个子又矮，在翻滚喧嚷的人潮中像只溺水的蚂蚁一样无法控制自己的方向。他抱着叶琬，大声冲前后左右的人喊着“借过借过”，没有一个人让开自己的位置借给他过。前方的内部场地里不时传来人群的惊呼声，甚至有人尖叫，每一声都让爸爸更焦急。

“好不容易搞来的票子，你说说你，非要这个时候闹。”爸爸终于持不住斯文，边数落着叶琬，边用身子左顶右撞地突破着人群的壁垒。

要是你按早先说好的给我买夜光大恐龙，我干吗要闹呢。叶琬心里嘀咕着，没有说出口。操场上乱喊乱叫的人们让她感到害怕，她死死抓住爸爸抱着她的两只胳膊，尖尖的手指甲嵌进爸爸胳膊的肉里。这两只胳膊组成的环形肉垫，是她在这片人海里唯一能把握得住的小舢板。人们脸上浮滚着汗珠儿和灰尘，个个都踮起脚尖，双臂像被叶琬掰得扭曲的娃娃胳膊一样甩来甩去。一些人口中念念有词，听不清在咕哝什么，另一些人齐齐地喊着什么口号。奋力在人潮中冲刺的爸爸和他怀里的叶琬被不知什么方向劈来的胳膊肘砸到好几次，也顾不上细究，只能继续向前。

挤到黄绸带前，爸爸身上的汗液已经泡透了他的白衬衫。绸带子前面站着一个年轻小伙子检票员，头发抹得油光锃亮，灰色中山装的左臂上也系着一条黄色的绸带子。爸爸想用一只手抱着叶琬，另一只手去掏裤兜里的票子。刚刚的一路奔袭耗费了爸爸太多体力，抱着叶琬的右手撑不住叶琬的重量，叶琬一下顺着爸爸的身体滑到了地上。

“就一张票子啊，只能进一个！谁有病！大人有病小孩有病！”小伙子放开嗓门冲爸爸喊，他的声音比刚才一路上冲过来的声浪都要响。叶琬控制不住自己的身体，开始发起抖来。

“小孩有病，小孩。”爸爸说着，把叶琬向小伙子推了过去。

“行行行，那你在这儿等着，关注着点你家孩子哈，别待会儿散场了找不着了。”小伙子一把抓住叶琬纤细的手腕，直接把叶琬拖进了黄绸带围住的场地里面。

叶琬呆住了，动弹不得。她扭回过头去看绸带子外面的爸爸，满脸滚着水珠的爸爸冲她挥手，示意她往前面走。叶琬不想动。一步都不想走。这时候走过来一个看上去五十来岁的大娘，捏着叶琬的肩膀像捏着一只小鸡崽一样，连拽带拖地把叶琬揪到了场地中排好的队形里。

场地中已经排好了一支人形方阵。每隔开一米站着一个人，从操场的东边排到西边，前后隔开一米，再从西边排回东边。叶琬虽然来得晚了，但大娘捏着叶琬的肩膀，直接把她带到了方阵的最前列，安置在了一个空位上。被大娘捏着走的时候叶琬麻木得没有任何感觉，大娘把她安置好了一松开手，叶琬的肩膀就像被斧子凿穿了一个洞一样刺痛不已。叶琬心里浮起巨大的委屈，自己脑袋顶上飘过来头发烧焦的味道也撩拨着鼻子眼儿，鼻子里立刻涌出了些酸水。但她不敢哭出来，也不敢乱动。她甚至不敢随便扭动脑袋去观察身边的情况，似乎只要看一眼，自己就再也没救了。

方阵的东侧不断传来一阵阵欢呼声。有来自方阵中的叫声，也有来自绸带子外面的人潮呼声。声浪一点点向着叶琬的方向推进过来，叶琬知道，大事就要发生在自己身上了。声浪煮沸了叶琬身边的空气，她本就模糊不清的视线在扭曲的空气里变得七扭八歪，远处的楼房和身边的大人们开始缠斗在一起，上上下下四处翻滚。

一个银白色头发的老爷爷在几个人簇拥下，沿着方阵的曲线挪动过来。老爷爷身边的几个人，有的肩上扛着大摄像机，有的手里拿着麦克风话筒，还有一个在胳肢窝里夹着黑色文件夹。声浪推进到叶琬的右手边，站着的是一个跟爸爸差不多年纪的叔叔。

老爷爷问叔叔，“有什么毛病？”叔叔马上像电视里被首长检阅的士兵一样大声回答，“腰间盘突出！”老爷爷绕到了叔叔身后，冲叔叔的腰用力拍了几下，又扎了个马步，伸出食指在叔叔的腰上猛戳出几指。老爷爷走回到叔叔面前，问他，“现在感觉怎么样？”叔叔刚刚还有些松垮垮的身盘儿登时挺了起来，骄傲地说道，“舒坦了许多！”这时候老爷爷身旁高举着麦克风的人立刻把麦克风顶到了叔叔的嘴边，“大声说！”叔叔的腰板挺得更直了，对着麦克风像军人宣誓般地吼道，“腰里舒坦了！”方阵内外的声浪腾起了丈高的浪花。

“小朋友，有什么毛病啊？小朋友？小朋友？”

叶琬大脑里一片空白。眼前的老爷爷，银白色的发丝盘绕着脸庞，她看不清这个老爷爷的脸，只能看到他那一头的白丝。白丝盘绕了老爷爷整张脸，好像后脑勺长翻个儿了，长到了前面，让她想起了《西游记》里那些会吐出白色长丝丝的蜘蛛精。浓密的白丝缠绕着老爷爷灰褐色的衣服，让老爷爷看起来像一只茧蛹。

“是不是脑子有毛病了这个小朋友。”老爷爷问他身边的人。胳肢窝里夹着黑色文件夹的人把文件夹从胳肢窝里取出来，哗啦哗啦翻动起来。叶琬心里咯噔一声。眼睛有毛病已经不得了了，要是被老爷爷说成是脑子有毛病，爸爸还不得嫌弃死自己了。

“我眼睛有毛病，我近视眼！”叶琬着急得要跳起来。

“好的好的，没关系小朋友，爷爷给你治好。”

一团白丝的老爷爷把自己的手掌拂在叶琬的眼睛上，叶琬吓得闭上了眼。她能听到老爷爷嘴里念念有词着什么。眼前一片黑暗，老爷爷热乎乎湿漉漉的手掌上有股臭鱼虾的味道，恶心得让叶琬直反胃。她慌忙屏住呼吸，怕自己一不小心会吐出来。眼前又黑，又闭着气，叶琬的双腿发软，地面也开始上下翻动了起来。

“感觉怎么样啊小朋友？”老爷爷终于把手掌掀开了。

“晕，想吐。”叶琬小声儿回答。

“晕就对了，来，爷爷再给你来一下。”说罢，白丝老爷爷一掌劈在叶琬头顶。

叶琬一下子蒙了，晕倒是不晕了，却感觉五脏六腑胳膊大腿鼻子眉眼都被这一掌劈进了煮辣椒的锅子里，又辣又疼又酸又烫。叶琬再也忍不住了，哇地一下放声大哭起来。她这一天的委屈像每天去幼儿园路上经过的那条大河一样，漫长而丰沛，迂回曲折直通远方。这一哭也真够痛快的，打记事儿来还没哭得这么尽兴过。通常在哭的时候，她总是会被各种事儿给打断，要么哭得没趣了，要么愿望得到满足了，要么自己觉得不好意思了。但这一场哭，哭得让她丢失了时间，错乱了空间。当她最终停止哭泣的时候，已经坐在了自己家的床上。她一点不知道自己是怎么被捡回家的。

洋娃娃身上的纱裙变成了一缕一缕的碎片儿，耷拉在娃娃身上，隔着这些粉红色的碎条条能看见娃娃光溜溜的身子。叶琬忽然想起来什么，伸手从自己的小辫子上把爸爸早上给她系上去的大红色弹力发带一把撸了下来，一圈圈绕在洋娃娃的脖子上。这个大红发带简直丑死了，这一整天都让叶琬别扭。本来爸爸编的辫子已经够难看的了，再加上这个大红发带，叶琬觉得走到哪别人都在盯着自己。叶琬对自己给娃娃制作的这个新造型感到满意，举到眼前仔细端详。夜色越来越深沉，娃娃举得快戳着眼球了还是不能看得很清晰，叶琬忽然间有些慌张。

爸爸不会来找我了。他就这样不要我了。叶琬似乎忘记了是自己气鼓鼓地从家里跑出来的。他不要我了我可怎么办呢，我还这么小。我能不能去找妈妈。不行，妈妈也不要我了，这下可好了。叶琬把娃娃的两只腿插进泥土里，又在旁边地里抠出来一些土，垒在娃娃腿边。

我明明亲眼看到那桶水是楼上张叔叔从我家水龙头里接出来的自来水，他们非说那是“信息水”，还逼我把一桶水都喝光。自来水都能治病，爸爸怎么不去喝呢？他那眼睛近视得可比我厉害多了，摘了眼镜跟瞎了似的，他怎么不喝呢。想到这儿叶琬又生起气来，继续抠土往娃娃身上铺过去，现在已经盖到大腿根儿了。就因为我打翻了他一桶自来水，他就不要我了，那我也不想要他了。叶琬抠起一大团泥巴来，向娃娃的肚皮狠狠砸过去。

树林的黑暗逐渐变得柔和，更凝厚的黑色渐渐向地面上沉降，更轻薄的黑色一点点向着树尖涌动。穿着破衣烂衫，腰部以下都埋在土里的娃娃，看起来不再像是个白人娃娃，跟泥土化为同样的黑色。轻薄的黑色却发出比晨间的白色更明亮的柔光。原来黑色也不都是黑色的啊。叶琬看得出了神，恍惚感到有一些不属于这片树林的东西掺了进来。

望着这一团团分开了质地的黑，她想起前两天爸爸给她念过的童话。《小红帽》。大灰狼把小红帽吞进肚子里以后，小红帽在大灰狼黑咕隆咚的肚皮里时一定也非常害怕。叶琬认为自己没有小红帽那么勇敢。她才不会没事儿在身上揣一把剪刀，就算手里有一把剪刀，也不敢随便就剪开谁的肚皮。

爸爸给她讲完这个故事的那天晚上，叶琬裹在自己的被子里睡不着觉。房间里总是在发出各种声音，咔哒咔哒、哐嚓哐嚓、叮咚叮咚，像是个有生命的东西。难道每天晚上，在自己睡着了以后，房间都是这样发出声音的吗。它是在做游戏吗。在跟谁做游戏。叶琬把小小的身体蜷成一团，用被子把全身都蒙得严严实实。她想象自己就在大灰狼黑咕隆咚的肚皮里。这感觉既不是很吓人，也不是很安全。她只发现随着自己每次的呼吸，下一口呼吸都变得更加艰难。在一口比一口更绵长的呼吸中，她感到一切又吓人、又安全。咚咚咚咚的心跳声，渐次加入拥有了自己生命的房间的声音合奏中去。

“叶——琬——！叶——琬——！”

“小琬！你在哪儿啊！琬琬——！”

“叶琬！你在吗？！快出来吧，你爸要急死了！”

几团手电筒的光束探针似的在小树林里刮拨着，有一道甚至甩在了叶琬身上，但慌张潦草的大人们并没有发现她。叶琬听出来，其中有爸爸的声音，有楼上的张叔叔、张婶婶，有对门的李老师和李家叔叔，好像还有几个人，声音比较陌生。

有张叔叔在，叶琬就不想出去了。张叔叔倒也不是一个坏人，经常陪爸爸吃饭喝酒，给叶琬带一些小礼物。但就是他，也总给爸爸出一些馊主意。有一天他跟爸爸在客厅喝酒，叶琬扒在门缝儿里偷看到爸爸边喝酒边抹眼泪。今天他还想逼叶琬喝一大桶自来水，叶琬决定从现在开始要讨厌张叔叔。

叶琬双手撑地，从地上爬起来，用手扑落掉屁股上沾的土。要不要把娃娃一起带走呢，叶琬有些犹豫。手电筒的光束和大人们的呼喊声时近时远，近的时候，好像马上就要发现她了，远的时候，又似乎大人们就要离她而去了。叶琬抓住娃娃的一头乱发，用力一拔，娃娃跟萝卜一样从地里破土而出，连带出来的碎土扑撒在叶琬的衣服裤子上。

周末的时候，爸爸经常带叶琬在这片小树林里玩儿。这是离叶琬家最近的小公园了，有小树林，有滑梯，有小池塘，还有假山和花圃。以前叶琬最喜欢在爸爸的保护下爬小树林里的树，矮一点的树，叶琬几乎每一棵都爬过。后来爸爸就不允许叶琬爬树了，说是怕她危险，而且爬树这种活动，“太不女孩子了”。还有恐龙骨架，也“太不女孩子了”。也许我自己就可以爬树，根本不需要爸爸保护，叶琬不高兴的时候就会这样想。但她还没有趁爸爸不注意的时候自己尝试过。

我到底要不要自己走出去呢。叶琬薅着洋娃娃的金色乱发，轻轻甩动着，娃娃的身体在空中转着圈儿。大人们的声音渐渐走远开了。叶琬的眼睛什么都看不清晰，但她能在一群人的声音里面，准确地听出来哪个是爸爸。不仅能听出来爸爸呼唤她的声音，那个太轻松了。她还能听得出一众杂乱的脚步声中，哪一些是爸爸穿的皮鞋踏出来的声音。

就这样安静地听着，听着，听着，叶琬始终站在浓黑的树林里，没有动。

第二夜　2003年6月6日

真是许久没有见过如此静谧的夜晚了。街面上的灯光依旧,却几近空无一人。偶有几辆私家车开过,把叶琬拉回现实,知道自己不是走进了什么科幻末日大片的片场。也许这座小城从来就没有过如此静谧的夜晚,入夏的季节,街边总有各种烧烤摊"狼烟四起",也总有一群群的人搬着小凳小桌围在小区和街边打牌。

跟张涵约的是十一点,因为张叔叔和爸爸一般都在十点到十点半之间睡觉。谁知道好巧不巧今天爸爸看电视看到了快十一点才踏踏地走回卧室,直到快十一点半才响起了鼾声。叶琬溜出家门后基本是一路跑着,喘不上气来才稍微走一会儿算歇一歇。

没在跑着的时候,空无一人的街道便迷住了叶琬。一切都是她再熟悉不过的场景,但此刻这些场景却不属于他们曾经熟悉的日常时刻,而是属于另外一种空间。另外一种,唯有在非凡之时才能触碰到的空间。在这样的空间里行走着，让叶琬有一种独自占有了这个世界的错觉，即便短暂也足够欣喜。

学校操场藏在家属楼胡同里的后门是张涵发现的。确切地说，是张涵跟足球队的人一起发现的。他们周末趁所有人都放假了，顺着这个从来不锁的后门偷偷潜回操场里踢球。偶尔晚上也偷偷去踢，虽然操场上没灯什么都看不清，不过据张涵说，有一种踢盲人足球的刺激感。叶琬冷笑，谁知道这群野小子大半夜的在操场上都干吗，估计十有八九不是在踢球。

挨着学校操场建起的这片家属楼，胡同里原本是有路灯的。不知是不是因为最近封校的缘故，路灯并没有亮，整条胡同都是黑漆漆的，只有家属楼里几扇还亮着的窗户冒出来一些细碎的光亮。叶琬摸索着走进胡同深处，隐隐约约地看到前面一团黑影动来动去。

“张涵？张涵……”叶琬停在离黑影两三米以外，小声儿呼唤着。

黑影马上冲叶琬走过来，叶琬屏住了呼吸。张涵穿着红色的曼联球衣和白短裤，满头大汗，右手攥着一只绿色的保温杯。

“麻烦了，这门从来不锁，今天咋就锁上了。”张涵抹着脑袋上的汗，就着微弱的光亮，叶琬看到他的脑袋上方蒸汽汩汩，好像身体里正煮着一锅粥。不管是他身上的汗味儿还是脑袋顶冒出来的蒸汽味儿,都臭烘烘的。

“要不换个地方。”叶琬盯着张涵手里的保温杯。

“大半夜的,别的地方也不安全。没事,咱们翻过去,这破门儿一点不高。”张涵望着她说。叶琬似乎在他眼中看到一丝挑衅。

“那就翻,你先翻,我帮你拿着杯子。”

张涵把保温杯递给叶琬,抹了抹头顶的汗珠儿,回身去翻那个铁门。叶琬摩挲着保温杯,她想起来是在哪里见过这个杯子,这应该是平时张叔叔喝他那些老浓茶用的保温杯。叶琬心里有点硌硬。这个张涵,不知道是不是从小让他爸灌自来水灌的,喝水从来不用杯子,不是买瓶装水喝,就是直接用嘴对着自来水龙头喝。不过算了,只要杯子里面装的水是对的,杯子是谁的也没所谓了。

“哎,该你了,我拿杯子。”张涵已经翻进去了,在铁门里招呼着叶琬。叶琬把杯子从铁门的两根钢筋之间递给张涵,抬头端详了一下这扇门。门是不高,也有能下脚踩的地方,就是铁门的最上端有几处尖角,需要注意迈过去时不要扎到屁股。“没事,两下就翻过来了,我给你扶着。”张涵一手抓着保温杯,一手扶着有点晃悠的铁门。

“不用你扶,这小矮门儿算什么啊。”叶琬没来头的有点气。不管张涵跟她说什么,她总觉得他是在挑衅自己。有时候她自己都知道,张涵没别的意思,但她就是觉得气。叶琬伸高手抓住铁门的钢条，用力一攀，蹬了上去。从门顶翻越尖角时，她把腿踢得高高的，轻松跨了过来。两条腿都翻过门来以后，叶琬感觉到自己左半拉屁股一热，是张涵，用本来扶着门的那只手托住了她的屁股。这个混蛋，叶琬心里骂着，慌慌张张地从铁门上蹦了下来。

这一蹦可好，眼镜蹦掉了。叶琬顾不上骂张涵，蹲在地上摸索眼镜。

“摸啥呢？”张涵也蹲下来，问叶琬。

“眼镜掉了，赶紧帮我找。”

张涵把手里的保温杯竖在地上，腾出双手来帮叶琬一起找眼镜。叶琬不经意抬头，看到张涵的两只大眼睛又黑又亮，在一团黑暗里闪着莹莹的光。难道这些不近视的人，就算在大晚上也比我们近视的人看得更清楚吗。真是不公平。

“在这儿呢在这儿呢。”张涵找到了眼镜，放在嘴边吹了吹土，递给叶琬。

两人一前一后，心照不宣地向着操场边的绿化带走去。叶琬走在前面，她听到身后的张涵走路时发出小豹子一样躁动的呼吸声。原来夜晚的操场居然这么安静，安静得令人感到压抑。跟街面上令人安心的静谧不同，操场上的安静竟是叫人有些不安的，似乎有什么沉重厚实的东西盖在上面。

说是绿化带，其实也不过就是在操场的边缘处连接教学楼的部分种了一些树和灌木，在树底下插了几座石头座椅。

僻陋归僻陋，却成为学生们最受欢迎的约会地。并没有人对此进行什么归纳总结，但几近成人的半熟少年们天然地用身体感知到，教学楼属于学习空间，操场属于运动空间，唯有中间联结处的这一小段地方，属于介于两者之间的过渡空间。大人们只想让他们在这里过渡一下，然后尽快投入到更加明确的状态中去，那他们也就学会了让自己更加持久地悬吊在这中间状态里，努力延宕明确属性的到来。

叶琬坐在了灌木丛深处最靠里的石椅上，张涵走过来，坐在了她身边。

这条石椅是整条绿化带里最抢手的热点，不管是下课时、课间操时，还是放学后，只要稍微跑得慢了些，这条石椅保准第一个被别人占走。通常女生是不会屁颠屁颠地跑去占座的，都是那些鬼灵精怪的男生，还没下课就盯着手表数着时间，下课铃一响就如出膛的炮弹般射到这里抢占座位。这条石椅有灌木遮挡，远离往返操场和教学楼的行人，小情侣们可以随意嬉笑打闹，也可以搞点不太过分的小动作。

“你确定吗？”张涵扑扇着黑亮的大眼睛，问叶琬。

“嗯。给我吧。”叶琬能听到自己血液在鼓膜里迫击的声音。像是有规律的海浪，又像夏夜撞击星空的雷鸣。声音那么响亮，她怀疑张涵是不是也能听得到。

一片凝厚油腻的黑色中，叶琬听到张涵微微叹了一口气。这一口气，瞬时卸掉了不少叶琬积攒起来的兴奋。但她决定不跟张涵计较，她还有更重要的事情要做。张涵把手里一直紧攥着的保温杯递给叶琬，叶琬几乎是劈手夺了过来。

绿色保温杯的外壳，由于张叔叔常年用手摩擦拂拭，变得极其光滑。仔细用手抚摸，能摸到杯子外壳一处处或细小或粗大的划痕、撞坑和凸起。叶琬轻抚着这些痕迹，恍如轻抚着那个人。

“我建议你不要喝，真的。”张涵忽然把手按在保温杯上，垂下来的几根手指，触碰到了叶琬的手背。他的手指滚烫。叶琬有些不耐烦，侧了侧身子，甩开了他的手。

“你懂什么啊。”叶琬翻了个白眼儿，也不知道天这么黑，张涵看到没有。

“我倒也不是说你不能喜欢他，我就是说这个水，它肯定有细菌你知道吧。现在的情况你又不是不知道……”

叶琬不想听下去了，她开始拧保温杯的杯盖。杯盖被拧得特别死，不管她怎么用力盖子还是纹丝不动。叶琬完全不想求助张涵，她甚至觉得张涵就是故意把盖子拧得这么紧叫她打不开。她把杯子放在两腿之间，用大腿把杯子紧紧夹住，两只手同时用力，使出想揍张涵的劲儿，拼命扭动这倒霉的杯盖儿。

“你这段时间没看电视吗？那些人一开胸，肺就像炸弹似的‘嘣’一下就炸开了，里面的液体喷得到处都是，好多医生都是因为被喷上了才被传染的。”

“你有完没完，你现在就告诉我一句，这水到底是不是他洗手剩下的水，别的不要跟我扯了！”叶琬无法拧开杯盖，怒火无处发泄，终于冲张涵大喊起来。

张涵被叶琬突如其来的吼叫吓了一跳，倏地软了下来。他点点头，“是，按你说的，下午我去他家接的。”

“他妈让你进屋了？”

“他爸妈单位没停工，上班去了，他自己在家。”

“你怎么跟他说的就接到水了。”

“啥也没说，趁他转身不注意我接的。”

“怎么接的。”

“按你说的，直接从池子里用杯子接的。”

“他没问你为啥要接这个水。”

“没问，我说我要撒尿，让他出去，他就出去了，他一转身我接的。”

叶琬对考问的答案感到满意，火气消下去了些。火气一消，她又同情起了张涵来。毕竟张涵不欠自己什么，原本也没必要帮了自己的忙还要挨自己的骂。她把杯子递给张涵。张涵手上略一使劲儿，杯盖拧松了。叶琬无故地又有些气。她深吸了一口气，拍了拍张涵的肩膀。

“等解禁了开学，我请你下馆子。炒菜烤串儿你随意。”

张涵笑了笑，“你到底从哪儿看到那个洗手水的事儿来着？”

“《搜神记》。”叶琬故意压低自己的声音，三个字发得幽幽的，似乎要为自己制造点神秘气氛。

“《搜神记》我也看过啊，我怎么一点印象没有。”

“你得了吧，《搜神记》二十卷四百多个故事，你篇篇儿都看过？我就不信了，你肯定看的不是完本。我还不知道你。”

“那你给我讲讲再。”

“我给你讲过了。”

“那次没细讲，你细讲讲。”张涵用自己小熊似的肩膀拱了拱叶琬，竟微微地撒起娇来，“细讲讲嘛。”

“话说，汉朝还是什么时候来着，有个太守，他有个女儿。女儿喜欢上了太守府里一个管文书的小官儿，就偷偷让自己的侍女去接来小官洗手剩下的残水。太守女儿喝下那个水之后，就怀孕了。孩子生下来以后，抱出来给太守看，太守让孩子去认爹，小孩就冲文书小官扑过去叫爸爸。这小官把孩子推开，孩子扑倒在地上，化成了一摊水。太守问清了前因后果，就把女儿嫁给了小官为妻。”

张涵沉默片刻，“没了？”

叶琬点点头，“嗯，没了。就这么个故事。”

张涵的喉咙里卡了口痰似的，反复轻咳，清着嗓子。“那个，”他低头不看叶琬，小声儿说，“你应该知道正常人是怎么怀孕的吧……”

叶琬立马抬手在张涵头顶削了一记，“废话！”

张涵拍了拍胸口，“吓死我了，我还想呢，难道我国的性教育不堪到这种程度了吗,什么年代了。”

“你这人怎么那么皮呢就,这根本不是这故事的重点好么。”

“那你觉得这故事的重点是啥啊?反正我觉得这故事整体上都挺毛骨悚然的,要是哪天冲出来一个小孩管我叫爸爸,还在我眼前哐叽,变一摊水了,那我真的,这辈子我都睡不好觉了我。”

“男人啊男人,悲哀。我为你们感到悲哀。”

“那秦凯也是男人呢,你干吗喜欢他。”

“他就是跟你们都不一样的男人啊,所以我喜欢他。”话一出口,叶琬自己都吓了一跳。这话别说从没跟外人说过,就连叶琬自己跟自己说悄悄话,关起门来写日记的时候,也都没有说过。这么重要的一句话,居然就在如此无防备的情况下,被张涵给套了出来,叶琬感到又惊愕、又羞辱、又欣喜。她的心跳在一个节拍之内就紊乱了。

“我看你根本就不了解秦凯,你还没有我了解他。”张涵并没有太在意对叶琬而言意义重大的表白,这让叶琬稍微平静下来一点。“真的,你要是像我一样了解他,估计你就不会喜欢他了。我觉得我比他都强。”

“是是是,你爸从小没白灌您那么多‘信息水儿’,您比我们所有人都接受了更多来自宇宙的信息和奥秘,您不是凡人。”

“不是说好了不提这事儿了吗?!你怎么还没完没了了呢!”张涵气得一下子从椅子上弹了起来,他最怕被叶琬戳到自己这个痛脚，更怕被其他同学知道。

“好了好了不逗你了，快把水给我吧。”叶琬冲张涵伸出手。

张涵僵僵地站着，没有走开，似乎也不想把水杯递给叶琬。

“我真的不明白，这都有什么用。”张涵俯视着叶琬。

叶琬在张涵眼睛里看到有一丝痛苦闪过。她敏感地觉察到了什么，但迅速决定不对此做出反应。

“我知道，你觉得我精神有问题了，我先说，我可没觉得喝了这个水我就能怀孕了。其实类似喝爱人残水的故事不是只在《搜神记》里面才有，很多古时候的传说里都有的。重点不在于怀孕，也不在于孩子，就是一种仪式，一种寄予美好的寓意。”

“什么美好的寓意呢？”

叶琬想了想，试图归纳自己的观点，片刻后，庄重而笃定地回答，“勇于追求爱情，追求自己想要的，然后得到。”

张涵不说话了。他把眼睛伸回自己面前的黑色虚空，身体无声地耸动。耸动中，他身体里一些关键的部分在重新组合。他坐回了石椅上，把他爸爸的保温杯递给叶琬。

“你说得挺好的。我这人可能比较实际，那些美好的寓意可能挺重要，但我只能想到的是，万一他染上细菌了，那你……”

“不说这可能性挺低的吧，就算万一他真的病了，我也觉得活着挺没劲的了。”叶琬接过保温杯，顺着张涵拧松开的方向，把杯盖旋开了，放在石椅上。她望向深深的杯底，犹如望向命运的井底。

张涵的身体好像离叶琬越来越近。叶琬无法判断是在实际距离上越来越近,还是张涵的身体在发热,是那汩汩蒸出的热气,让她感觉越来越近。

“你有点犯傻。就算我有爱着的人,我也不会觉得爱情就是最有劲的事儿。生活里还有好多比爱情更有劲的事儿。”张涵身上的热气越来越强烈,几乎要把他们周围的空气燃烧起来。“明年这时候,咱们就要高考了呢。终于可以离开家,过另外一种生活了。爱情不值得。”

叶琬没有回答张涵。她双手捧起绿色保温杯,屏住呼吸,咕咚咕咚地把杯中之水尽数灌入体内。冰凉的冷水混杂着氯气和铁锈的味道,刮擦着她的嗓子,尖叫着奔向她的胃肠。张涵沉默地看着她,粗重的鼻息代替语言谴责着她的任性。

饮得全干了,叶琬才将杯子缓缓放下,拾起一旁的杯盖,重新拧回到杯子上。她把空掉的保温杯递给张涵,张涵伸出双手,握在了抓着保温杯的叶琬的手上。

张涵的双手灼烫如烤炭,保温杯则冰冷如水。叶琬的手夹在冷与热之间,无法动弹。

第三夜　1997年6月29日

“我们伟大的祖国啊，幅员辽阔，物产丰富，那九百六十万平方公里的锦绣山河，孕育了多少灿烂辉煌的文化，又诞生了多少影响全世界的伟大人物！”

双手要同时举起，舒展开成翅膀的形状，这一句完结时，再把手掌攥成拳状，前后摆荡一次。背要挺直，肩要收紧，脚要立正，喉咙要放开，把气势挥洒出来。不在话下，小菜一碟，演讲比赛小能手叶琬统统手到擒来。重点就是要有气势。气势就是一切。有气势，就先赢了一半。一大半。

叶琬站在萝卜桥上，冲着桥下臭烘烘的小水沟气势夺人地操练着自己的演讲。萝卜桥下的水沟浅得连小孩的脚踝都没不过去，桥上来来去去的行人和附近的居民路过这里都忍不住想丢点什么东西下去。水沟的味道、样子和位置，似是对人有种奇奇怪怪的魔力，要是路过它不丢点什么东西进去，就对不住它的丑模样似的。一到了夏天，水沟里就臭气熏天，围绕着水沟的几百米范围内都蒸腾在一团味道复杂的气息中。

家属院附近最近的桥就是这座桥，最近的河也就是这条臭水沟了。练习演讲，必须得站在桥上，对着奔腾不息的河水，才能练得出气势。叶琬记不清这是谁给她灌输的印象了。应该是爸爸，也有可能是班主任李老师。不管是谁，这主意都够没用的。没用的爸爸。没用的气势。

从水沟底下顺着路灯的光亮冒出来的蚊子绕着叶琬嗡嗡嗡地转个没完，叶琬的气势被蚊子叮得一点点瘪了下去。还什么灿烂辉煌啊，凭祖国幅员辽阔物产丰富得演讲比赛一等奖已经是大半年前的事儿了。最近半年，萝卜桥上练出来的气势一次也没能帮到她。自从那个三年级的小屁孩林冉冉横空蹦出来以后，叶琬久经考验的强大气势就经不起组织考验了。跟叶琬的气势路线不同，林冉冉是走声情并茂路线的。如果林冉冉不是抢了太多叶琬的风头，叶琬也可以勉强承认声情并茂路线是挺打动人的。然而一帆风顺向来都是冠军选手的叶琬就这样被一个十岁的小屁孩一再夺走了一等奖，怎么看这个小屁孩就怎么不得劲儿。

你说你小小年纪，哪来的那么多真情实感，哪来的那么多热泪盈眶，哪来的那么多捶胸顿足啊。上一次被林冉冉抢尽风头，是学校四月份举办的缅怀邓爷爷的演讲比赛。这种主题的演讲比赛本来就是林冉冉的强项，毕竟总不能激情四射气势夺人地去缅怀先人。但在决赛的赛场上叶琬还是被林冉冉给吓到了。

林冉冉讲到动情处，居然痛哭着趴倒在学校冰凉的水泥地板上，老师跑过去扶起她，她还是坚持着演讲完，最后哭着被老师扶出了会场。叶琬知道自己肯定又比不过林冉冉了。前排评委老师们被林冉冉感动得纷纷流下了热泪，连叶琬都几乎要抬起袖子来擦眼睛。

死蚊子。叶琬“啪”一声打在自己左胳膊上，右手掌心和左胳膊上绽开了一团血花儿。不能死站着当蚊子靶子了，叶琬沿着桥的边沿漫步起来，走动一下蚊子就不好下嘴了。萝卜桥长不过二十米，宽不过十米，架在学校家属大院儿通往学校的路上。这条勉强可以被称之为是“桥”的路上，并没有什么坡度。它跟前后的马路几乎是齐平的，只是桥下有那么一条两三米深的臭水沟，路就勉强成了桥。

大院儿里的老师孩子们去学校上课上学，都必须得通过这座桥，没有其他路可走。叶琬长这么大，从没听说过这桥和这河里出过任何事儿，但家长们就是要求所有孩子必须结伴出行，一起走过这座桥。爸爸说这是因为，只要是桥，就会有人从桥上掉下去，只要是河，就有可能淹死人。这是一定的，不管桥有多矮，河有多浅，这都是一定的。

爸爸说的话，也不一定就都是对的。最近叶琬甚至越来越觉得，爸爸说的话，很多都是错的。也不说错得多么离谱吧，总之经常不是对的。这个变化倒也不是从爸爸无法辅导叶琬数学作业开始的。叶琬知道爸爸是中文系的大学生，不是数学系，算不清楚一只笼子里有多少鸡腿鸭腿兔子腿是很正常的事。没有任何具体的事件发生，但这个变化就是清晰地发生了，叶琬也没法装作没看见。而且，叶琬知道同样的事情也发生在张涵身上了。

“真是烦死我爸了，我恨不得离家出走。”刚才在张涵家里，张涵就这样直接地对叶琬说。叶琬冲他翻了个白眼，试图让他明白现在不是开展这个话题的好时候。后天就要进行迎香港回归知识问答竞赛了，获得第一名的人将代表学校参加全市的知识问答竞赛。这个代表学校的人应该是叶琬，不该是林冉冉。张涵这时候的任务该是陪叶琬背竞赛题，不是跟她倾诉自己的家庭烦恼。

可惜张涵并没有知趣地住嘴。“老让我做题，老让我做题，老让我做题，就知道让我做题做题做题，做完数学做语文做完语文做英语做完英语再做两道数学。你说做这些破题到底有什么用啊，好好学习到底有什么破用啊。”

“废话，要是不用考试就能上大学，谁也不会逼你做题。你怎么不问问你自己总是做不对呢，你要是一做就做对了谁还有功夫一天到晚逼你做题。我都替你爸嫌累。”叶琬脑子里一边转着是紫荆花不是茉莉不是水仙也不是康乃馨，一边替张叔叔教育张涵。

“有什么用啊，我就问你有什么用啊？你说这一整个家属院里，哪有一家有BB机的，更别提大哥大了，你再瞧瞧咱们其他同学，是不是几乎人人家都有？”

“谁跟你说的人人家都有，没有的多了好么。再说了，不买BB机主要是因为老师也没那么多人要找吧，不是因为穷。”

“那还是的了！没人找可不就得穷吗，天天就知道逼自己孩子做题。反正做这些破题是没出路，绝对没出路。你看外面哪家混得不比老师强，将来就是打死我，我也不会当老师的。就打死我算了。”

“逼你做题就是逼你当老师吗，你核桃脑子让门夹了吧？你最近怎么内心这么阴暗呢你。赶紧帮我背题别废话了。”叶琬生气了，张涵总是这样，帮不了叶琬正事，还给她找麻烦。

张涵噘起嘴，使劲儿搔着自己不知几天没洗的大脑袋，“《中华人民共和国香港特别行政区基本法》谁制定的？全国人民代表大会还是国务院还是最高人民法院还是香港特别行政区立法会。要我说你就不要费那么大劲，让林冉冉代表学校去又能怎么样，你就算拿第一了又能怎么样呢？你知不知道人家林冉冉她爸每天开着桑塔纳接她放学啊，咱们爸都是自行车的好不好，我听人说林冉冉她爸去过真的香港，咱们就在电视上看过……”

真是够了。叶琬站起身噼里啪啦地收拾自己的竞赛答题本，铅笔橡皮文具盒还有手写的草稿纸。她收拾的动静大极了，吓得张涵呆坐着不敢说话。没用的张涵，太没用了。叶琬抱起自己一大堆书本文具下楼冲回家里，爸爸问她气哄哄的是不是跟张涵吵架了，她也不理爸爸，躲进自己房间里生闷气。

哗啦哗啦地翻着答题本，脑子里也背不进去题，叶琬跟爸爸打了个招呼就打开门往外跑。爸爸站在家门口大声喊她，太晚了，都快九点了，别出去玩儿了，叶琬也不回头。一直冲到萝卜桥上，叶琬才稍微安定了点。

进入初夏，萝卜桥下开始蓄起了些河水。虽然稀稀落落的不像样子，总归让桥显得算个桥了。尽管随着河水而来的是更多的垃圾和数不清的蚊虫，也比秋冬时寂落的枯泥坑强多了。叶琬伏在桥的石栏上，屏住呼吸探着身子，看向黑黝黝的桥底，试图听到、看到些什么。从桥底偶尔升起的声音的碎片，很快被来往的车声人声扫进更高的夜空里，叫叶琬把握不住。

这座桥，为什么会叫萝卜桥呢。它可长得一点都不像萝卜。叶琬小的时候就这样问过爸爸。爸爸脑袋靠左一歪，叶琬就知道他又要开始编故事了。这座桥啊，以前叫罗伯桥，是很久很久以前一位姓罗的老伯伯建起来的，那时候这桥底下的水很深，水流很急，没有这座桥，大家就没法去学校上课了。有了这座桥，大家都很开心，为了感谢姓罗的老伯伯，就给它起名罗伯桥。叫的时间长了呢，就给叫歪了，罗伯、罗伯，就被听成是萝卜、萝卜了。不过没关系，罗伯不在意，他只要让孩子们能好好上学就满足了。

是从什么时候开始，爸爸随口胡编的这些故事，对叶琬失去魔法了呢。

打记事起，这座桥就把叶琬牢牢地拴在身边了。每天都要至少走上两遍。一遍走出去，就肯定有一遍走回来。到底什么时候，才能走出去了，就不用再走回来呢。

叶琬胸口闷闷的。应该对着桥下奔腾不息的河水再喊点什么，胸口就不闷了，这件事是叶琬比较确定的，她经常这么干。喊点什么呢，她不想再操练幅员辽阔灿烂辉煌了，都是已经过去的事儿了。干脆朗诵唐诗宋词吧。这是在家里闲着没事儿的时候，爸爸拉着叶琬常玩的游戏。爸爸会随手抓个什么东西，或者指着个什么东西，两人比赛，看谁能想得出跟这东西相关的更多的诗词。

桥，对，桥！就来念几首关于桥的诗吧。叶琬头一个想起来的自然是“枯藤老树昏鸦，小桥流水人家”，不过这个太普通了，是个人都会背，再想想再想想。《枫桥夜泊》呢，题目里倒是有个桥，但诗里面又没有桥啊。这个不行，再想想。鹊桥算不算桥呢？如果鹊桥也算桥的话，就可以念“柔情似水，佳期如梦，忍顾鹊桥归路。两情若是久长时，又岂在朝朝暮暮”。算了算了，爸爸要求很严格，肯定要说鹊桥不是桥，鹊桥只是民间的传说，诗人的想象。而且这首诗也实在有点腻歪人。

“驿外断桥边，寂寞开无主。”这个真的就是桥了对不对，但后面几句是什么来着，怎么记不清了，就记得有一句“只有香如故”了。对了，还有一个，“湿云不动溪桥冷。嫩寒初透东风影”。这个切题了，先来这个！

叶琬双手叉在腰间，挺直身板，两脚前后叉开，释放自己的喉咙。“湿云不动溪桥冷。嫩寒初透东风影。桥下水声长。一枝和月香。人怜花似旧。花比人应瘦。莫凭小栏干。夜——深——花——正——寒——”叶琬把最后一句诗拖出跟萝卜桥那么长的二十来米的尾音，这口闷气算是出透了。

“哎呀呀，真好！”身边居然有人给自己鼓起掌来，叶琬惊得向后退了好几步。一个四十多五十岁的大娘站在桥边儿，噼里啪啦地鼓掌，“这女娃，课文儿背得太好了，跟电视主持人似的，真好真好。”大娘上身穿着件浅蓝色的半袖衬衫，下身灰色的的确良长裤，脚上拖着一双蓝色塑料大拖鞋，看起来跟晚上出来遛弯消食的大爷大妈没有区别，叶琬稍微放松了警惕。

“这课文是啥子啊，真好听撒。”大娘向着叶琬走了两步，走到她身边。

“这是宋词，苏轼写的，《菩萨蛮》，湿云不动溪桥冷。”叶琬仰起脖子回答。

“菩萨蛮啊，也没听着有菩萨撒。这女娃，学习肯定棒棒的，课文儿背得也棒棒的，谁家的女娃啊？”大娘伸出手，把叶琬汗黏在前额的刘海儿往耳朵后别。叶琬刘海儿很短，别不到耳后去，大娘固执地一次又一次拨弄着她的头发，搞得叶琬有点烦躁，向后退着躲她的手。叶琬一步步躲，大娘就一步步跟上去。

"大娘你别弄我头发了，不得劲儿。"叶琬一把用手按住自己的刘海儿。

"哎呀小姑娘，女娃家家还是梳长头发好看你晓得不，头发留长起来，往耳朵后面一别，哎哟哟那叫好看。再让你妈妈给你梳个大花辫子，啧啧，一甩一甩，带劲的。不要留你这样的短发，不好看。"大娘终于把自己的手缩了回去。"小姑娘，这大晚上的怎么自己一个人在外面背课文儿啊，你爸爸妈妈呢？"

叶琬有些警觉起来，大娘的口音她从未听过，不是这地方的人。她左顾右盼，期待有认识的大院儿里的人正好路过，"我爸妈都在家呢，我们就住旁边那个家属院，很近的。"叶琬边说边向后退，"是挺晚了，我也该回家了。"

大娘一把抓住叶琬的手腕，叶琬没想到，大娘看着身子挺单薄，力气倒很大，箍住叶琬的手像把手铐似的牢靠。"女娃你课文念得真好听，再给大妈念一个好不好，大妈最爱听小女娃读课文了。"

"下回吧，下回。"叶琬扯着自己的手腕挣扎，她感觉自己随时都能大声喊出救命来，可桥上一个人都没有，她不知道要喊给谁听。

"大妈家也在附近，你要不要去做个客啊，大妈可以给你编花辫子，给你做好吃的，健力宝你爱不爱喝？大妈家还有好多玩具哩……”

“你赶紧松手，不然我要喊了！”叶琬感觉到拉锯的两方力量明显不平衡，自己正一点点被这个大娘拖动着拽离自己家的方向，她慌了起来。“我爸认识很多警察的，我爸就是警察！我要喊了，我真的要喊了……”

一道手电筒的光打到大娘脸上，叶琬听到爸爸的声音在身后响起。“小琬你干吗呢？”

“爸！是我！我在这儿！快来啊！”叶琬大声喊起来，她知道自己安全了，可她还是抑制不住想要大喊。

大娘立刻松开了手，叶琬被拽住得太紧，这一松手跌了一个踉跄。她双手伏地爬起来，几乎站不稳当，手脚并用地跌进爸爸的怀里。爸爸一把抱住叶琬。

“你谁啊，你想干吗？”爸爸用手电筒晃着大娘的脸。这不是一张坏人的脸，几乎是一张慈眉善目的脸，被抓了现行也毫无惊慌之色。

“哎呀，我站桥上听你家女娃背背课文嘛，有多了不起撒，真是的。”大娘说话间摇了摇手转头就走。

“爸，她是坏人，她差点把我拐走了，你快抓住她送公安局，她肯定是个拍花子的，你快抓住她，不然她跑了。”叶琬语无伦次地哆嗦着说。她的身体被爸爸紧紧裹在怀里，裹得很紧，紧到让她能够感觉到爸爸的身体同样也在颤抖着。

“我们先回家再说。”爸爸转过身，搂着小琬，用手电筒照亮回家的路。

叶琬不想走，执拗地站定着。爸爸推了她几下，她还是不动弹。叶琬回过头看桥那边，大娘的腿脚真叫个利索，倒腾起来速度飞快，走得快要看不清人影了。

“怎么能让她跑了呢，她要是再去拐卖别人家小孩怎么办呢，得抓住她啊……”

“你别闹了！回家！”爸爸猛地推了一把叶琬的背，推得叶琬后背都疼了，脚下松动了开。爸爸伸出胳膊揽住叶琬，走向灰蒙蒙的手电筒照出的那条通往家的小路。

委屈的酸涩感是那么熟悉。对叶琬来说。那个酸酸的劲儿一般都是从胃里开始发酵的，像是吃了没洗干净的香瓜，或是敞开口放了三天的牛奶。发酵一会儿以后，就会沿着食道通向喉咙，把喉咙传染得塞满酸酸的黏液。之后是下巴，口腔里，顺着鼻管再向上，到达眼眶。等到眼泪流够了，才是脑袋仁儿。浸泡在柠檬泡过的水里面。

这萝卜桥，根本也不是罗伯盖的。亮亮说，以前还没有学校也没有家属院儿的时候，这片地方种满了大萝卜，人们都从这条河里挑出水来给萝卜灌溉。盖桥的钱是附近的人卖萝卜得来的，因此这桥就叫萝卜桥了。

第四夜　2008年5月12日

就从今天开始，一切都将不同了。

没有任何庇护是长久的。现在看起来，所有庇护在自己内壁也都是带着刺儿的。扎起人来都是软疼软疼的，外面没有伤，出血都在内里。叶琬走出低矮潮湿的宿舍楼，现在是晚上九点五十八分，再有两分钟，宿管大妈就会给门上锁。她在裤兜里塞好手机和一些现金，这就够了。不再需要更多的了。

今晚哪里都不是我的家，哪里我也回不去。哪里我也不想回去。

延沓，延沓，延沓。是不是我们这代人每一个都从很小的时候就自动学会了延沓那些糟糕结果的到来。延沓成人世界的到来，延沓责任的到来，延沓命定的时刻到来，延沓内出血的庇护。跟我们的父辈真是不同，他们总嫌未来的糟糕来得还不够早还不够快还不够猛烈。谁把钥匙丢进了湖水里谁把湖水捞进了水杯里谁把水杯砸碎在地板上谁把碎片拼成了一把枪。

好了，现在到底还有谁胆敢声称自己是不幸福的。所有人的幸福都正在濒临一个幸福的顶峰，即便在顶峰之后等待着的只有滑坡下坠但有谁敢在现在声称自己是不幸福的呢。万事万物欣欣向荣，热烈的火炬正在人们手中传递，将点亮的绝对不只是一枚更巨大的火炬。你凭什么认为自己居然不够幸福？

面前这湾湖水折射着昏黄色的光，面目们在其中模糊不清。爱情。一个好词。爱情，跟这湾昏黄的湖水同样模糊不清。全世界的大学里都有一湾关于爱情的湖吧，好把那些模糊不清的誓言都埋在靠着水泵假充活水的死水之中。你坐在这湾死水边上，听过三次不同程度的誓言，关于爱情的誓言。它们分别来自三个不同的人。

誓言和食言之间，只有一个轻巧音调的转折。这转折的脚步轻盈而自然，甚至不会令人察觉到不适。毕竟，大家都忙于寻找更加轻信的伴侣。只要两个人当中有一方相信了，那么事情就将变得容易解决。

承诺不属于这个时代。毕竟，人们——不论性别——总习惯于把全世界令人恼火的问题都主要归结为女人不贞的问题。难道不是墨涅拉俄斯那个跟人私奔的妻子，对墨涅拉俄斯的不忠，才导致了希腊人对特洛伊的包围吗。难道不是德沃吉拉对她丈夫的不忠才导致了英国对爱尔兰的入侵吗。冤有头债有主，套用欲火和不贞的主题足以解释所有难以阐释的谜题。

爸爸听到这话又该想笑了，叶琬啊叶琬你还是太年轻。爸爸会提醒你想一想罗曼·罗兰。是是是，罗曼罗兰罗曼罗兰罗曼罗兰，世上只有一种英雄主义那就是看出世界的本来面目并且去爱它。可爸爸啊爸爸，这只是序篇的序篇，前言的前言，他写了一个人九十多年的癫狂与孤独可人们只记住了这序篇的序篇前言的前言中微不足道的一句总结。最糟糕的不是孤独，而是对自己也自闭，无法同自己生活在一起，无法主宰自己，而且自己否定自己，自己与自己斗争，自己摧残自己。他的天才与一个在背叛他的心灵结合在了一起。爸爸你不要生气这不是我说的这是你心爱的罗曼罗兰的话。

亲爱的父亲我知道你希望我相信爱情，相信家庭，相信一个破碎了的我也可以在一个破碎的世界上重建起关于誓言的碉堡。你相信所有你未曾做到的，我可以做到，相信所有你不曾拥有的，我可以拥有，相信所有你无法到达的，我可以到达。我也曾相信。或许我依然相信。只是这些信的能量并不能停止与那个在背叛着我的心灵不断缠斗在一起。缠斗的结果就是，顶峰只有一个，被某一方占领时，其他的就只能俯下身子仰望那个占据了顶峰的一方。而此时，占据顶峰的那一方正在摇旗高呼，我只渴望相信我自己。

又走到这里了。是不是应该低下你骄傲的困惑的迷乱的头，给老校长鞠一个躬。当有人告诉你这座隐没在小树林中的半身铜像后就是他的墓时你经受过一阵恐慌。谁会把自己的墓建在敞开的校园中呢。死亡成为公开事件，这对我们来说并不陌生，陌生的是这公开的事件延续/持续进入生活的日常。然而这样说起来，似乎也并不完全陌生。只是恰好这一桩距离你更近而已。

这曾让你反复思考关于人和土地的关系。没有任何人能够长久地真正占有一片土地。我们在土地上耕作，生养，构造土地也被其构造，破坏土地也被其破坏，就是无法占有。这与权力无关，甚至与土地无关。

短暂停留在这里的四年时间，你跟这土地之间的关联更像是象征性的。地表上频繁变换的建筑和城市形态与你内心的缠斗变换形成某种可疑的呼应。需要割裂这关联的呼声，跟需要进一步深入掘进这关联的呼声，交替占领顶峰，并没有哪一种真正说服过你的心。

属于你的土地究竟在哪里。不，不不，应该说，能够令你折服，并能令你依附的土地，究竟在哪里。家乡故土是你巴不得尽早逃离的，逃离后却迅速被土地教育明白了一个道理：驯服从来都是双向的。还有一个月你就将离开这片土地，去寻找那最终可将你驯服也被你驯服的土地。是不是太自大了？你想要驯服谁？你说呢，“篡夺者”。

周身雪白的高大石像，在夜里也始终折射着惨白的光芒。

有个师兄最爱挂在嘴边上的话，“只有自己都不相信的话，才必须得写在纸上，刻在石头上”。总归是记得提醒爱，怎么忘了后面还有自绝于社会呢。

爱，爱。又是爱。偶尔你就信了。至少那是一个说出爱还不轻巧的年代。又来了又来了。读书少的人还知道反省是自己书读得少，读书多了的人，反倒只会把什么都推到时代身上。时代累不累？你都替时代累得慌。

校门外的河，是将学校环起来的。要想走出校门去，必将穿过这条河。小时候爸爸说过那么多有道理没道理的话，有一句你算是记得牢牢的。每每穿过这条河，肯定会想起。爸爸说，只要是桥，就会有人从桥上掉下去，只要是河，就有可能淹死人。这是一定的，不管桥有多矮，河有多浅，这都是一定的。

帮你记得牢牢的不是桥也不是河，是这河里淹死过的人。跟你差不多年纪的人。跟你差不多年纪却比你更孤独的人。跟你差不多年纪却对世界更失望的人。跟你差不多年纪却更缺少武器还击的人。

孤独，呵，说到了孤独。孤独当然不是新鲜东西，你打六岁开始就明白什么叫孤独。当然了，孤独令人失望，但你从来没有比别人更失望。毕竟那些喧闹黑暗的夜晚里你除了得到孤独也同时得到了武器。要说最令人失望的，应该是发现广泛而言孤独不是主动的选择，更多数的情况则是被动抛弃。

人们被抛弃了。被滚滚碾压而来的无法命名的势不可挡的那些东西给抛弃了。

但是人们抱怨孤独,不抱怨抛弃。孤独比被抛弃更加可见。孤独比城市的肌理日夜搏动飞速改变面貌更加可见。你还有什么更好的还击方式吗。你有脸面说那些比你更孤独比你更失望比你更缺少武器的人他们的选择是错误的吗。你没有。你不能。所以闭上嘴巴,继续向前走你的吧。

向哪里走呢?这是个问题。向东,还是向西?这才是你眼下最困难的问题。

是是是,海阔凭鱼跃,难免跃进到渔网里,对对对,天高任鸟飞,难免撞到了枪眼上。读了更多的书,走了更多的路,心头最先明白的道理居然是这世界上不仅有无尽的天空和海洋,同时也有枪眼和渔网。说出来还真是叫人哭笑不得。四年前冲出家门时你可是完全不想这些的,现在却站在马路上犹犹豫豫迈不开脚。到底向哪里走呢。

高挺的立交桥,复杂的绕行道,屏风般延展开的天际线,还是不要胡乱展开了,你知道你今晚的最终目标是向南走,可是要想向南走,首先就要向西走。向西走。

我是一个软弱的人。为什么爸爸要跟你说这样的话。我是一个软弱的人。为什么爸爸越来越频繁地跟你说这样的话。我是一个软弱的人。因为你成年了吗。因为他知道留不住你了吗。因为他正看到你一天比一天更加坚硬起来了吗。

如果可以的话，如果可以的话，你希望全世界上一切的人都是软弱的人。如果没有墙，鸡蛋就不会砸成糊状。当然你知道天罗地网全部都是墙。前后左右是墙，地上是墙，天上也是墙。

不不不你从来没觉得自己是斯蒂芬。你不是。你不是不是不是不是。生活完全不是一部《尤利西斯》现在不是过去不是未来也不是。你也没有在寻找一个精神上的父亲。没有什么父亲比一个软弱的父亲更适合这个叫人失去了武器的世界。没有。绝对没有。如果说你有什么问题那么首先你的问题就是企图成为自己的父亲。居然。企图。成为自己的父亲。这是否代表你首先要杀掉一些东西。比如，童年的你自己？或者干脆是，完整的你自己？

这条大路走过一百遍了。你有没有能力说离开就离开一条走过了一百遍的路。你当然有。你太有了。过程滑顺无比甚至令你自己都感到惊讶。爸爸在电话里跟你抱怨，在火车站喊你你都不回头。你不是不回头，你是连听都没有听见。无尽的天空和海洋在召唤你呢，走过一千遍的路算得了什么。听不见。现在倒慢慢开始听得见了。挂在枝头，掉在路肩，藏在车灯，映在玻璃，细细碎碎地叫着。这些都是爸爸不知道的事儿。

爸爸不知道的事儿可多了。

爸爸说，我能给你最好的东西，就是自由。

说完了，他不知道的事儿就更多了。

这是你们的共谋。这是所有父亲和孩子之间的共谋。双方共同让渡出本就少得可怜的安全感。共谋一种全新的，能够勉力一起存在下去的形式。不共谋可怎么能行呢。想想拉伊俄斯和俄狄浦斯，再想想鲁斯坦姆和苏赫拉布。不过在这些伟大的互相杀戮的故事里，很少看到女儿们的影子。女儿们不是忙着发疯就是忙着去捡父兄们的尸体。女儿们，女儿们，有多少故事是关于父亲们和女儿们的呢。故事们可能已经说出，却很少正确地被说出。可你又能为此做什么呢？

好了这个路口可以向南走了。又长又结实的道。夜风里树叶瑟瑟发抖，没有太多资格尖叫。是从什么时候开始你发觉自己总是游离在人群外的。看起来言笑晏晏落落大方心思却总是飘荡在半空中随着时间砂砾的累积一点一点从内部碎裂。时间粉碎成块状，能够被你一一抓起重新进行组装。

秘诀是，你发现自己可以借此给自己组装出一切。比原子更细碎，比积木更灵活，比真实更逼真。秘诀是，你可以组装出高楼、宇宙飞船、恐龙、书籍、生日蛋糕、派对、恋人，以及，一个母亲。秘诀是，组装出来以后，你只跟它们玩一下下，随后又抬手把它们打散成碎片。什么都不要拥有，你就拥有了一切。这就是秘诀。

前方的纪念馆是你在这座城市里进去过的第一座博物馆。开学第一周，所有新生都被带领到这里参观。一切坚固的都已经烟消云散。重建无比艰难。最艰难的，是少数人的孤军奋战。应该说艰难的也不是奋战，艰难的是在众人的冷眼旁观中奋战。

你怎么确定自己不是在表演呢。可要完成的总是要完成。如果有人告诉你，现在就是最好的时刻，从此刻开始，一切都会越来越坏。或者反过来，如果有人告诉你，现在是最坏的时刻，从此刻开始，一切都将越来越好。让我们假设这是真的，让我们假设你真的可以选择，你想听到哪个呢？不要紧张了，不会有人告诉你的。大家约定好了的，谁也不说。

有趣的是，你记得当时你哭了。你怎么哭了呢。你哭的是什么。是烟消云散，是无比艰难，还是众人的表演。如果现在再让你去看，你还会哭吗。你想起来了。你似乎被某种诡异的母性给攫住了。那诡异的母性从墙上的照片，地上的展柜，从高大的浮雕和煽情的视频里分泌出来，黏黏腻腻、盘盘绕绕，就那样攫住了你。那时无法分析此时依然无法分析可它就是攫住你了。

到了。这里了。一堵铁门拦住了你的去路。从小到大这样的铁门你不知道翻过多少了。从没有哪扇铁门真的能拦住你的路。还真是个要命的野孩子。不过这堵铁门比较狠毒，上方有电网，两侧有监控摄像头。绕开铁门从旁边找找法子吧。沿着墙根走啊走走啊走，过了铁门是高墙，过了高墙是围栏，过了围栏是花坛。你看，花坛的后面就是漏洞了。穿过花坛，踩到了两朵蔷薇花，蹲下身子把它们扶正，再向前走就是形同虚设的小矮墙。双手把住矮墙的墙头，两脚用力一蹬。得嘞，稳稳落地。

还是那个总爱把校史挂在嘴边儿的师兄说的，这儿、这儿、那儿、那儿还有那儿，以前都是咱们学校的。学校里下了课，老师带着学生们坐上小船唱着歌划着桨，就从学校的湖里沿着河，一路划到这公园的湖里来。全是咱们的。全是。

深更半夜，你翻墙头跑到"咱们的"公园里来干吗呢。就像那个谁说的，年轻人，不睡觉，绕世界乱转悠，不是想对世界搞破坏，就是想对自己搞破坏。你没感受到啊。没感受到想对任何人包括对自己搞破坏的冲动。你就是想到水边来。整片的水域令你感到安稳。从小就是这样。你看看水是多安静的东西，吞进去什么，都不会发出太大的动静。不像人。不像其他一切事物。

向着湖边多走一步，身后的声嚣就降低一度。

"Life is tale told by an idiot, full of sound and fury, signifying nothing."

众人告诉你首先是毫无意义，但你认为首先一切只是个故事。众人告诉你首先是喧哗与骚动，但你认为首先是要做一个白痴。一步，一度。一步，一度。一步，一度。水面令万物闭嘴消声。你只能听到水底下的声音。你已经不想成为一个诗人了。你已经不想了。你只想成为一个可以主宰自己的人。如果白痴无法主宰自己,那么又有谁可以呢。

你等待了二十二年,等的就是现在这个时刻。你将主宰自己的时刻。你应该激情澎湃的时刻。可为何此时你却如此惊慌。你慌什么呢。这一切不正是你想要的吗。你慌什么呢。难道你一直知道,其实什么都改变不了。你慌什么呢。曾经怀着想要破坏一切、毁灭一切的那个你已经乖巧地死去。现在的你打算美好地骄傲地长久地活下去。数万个掩埋在山石下和湖底里的声音正在与你的命运共振。不要慌。

脚下湿糯地一陷,冰冷的湖水猛地浸泡到叶琬的大腿。她狠狠地打了个冷战。整片沉静安稳黑漆漆的湖水,祥云般飘浮在她的身边。

第五夜　2013年12月23日

来家里为奶奶吊唁的人从上午开始一直到晚上就没断过。叶琬凌晨接到爸爸电话，开了四个小时夜路车疯赶回到奶奶家，奶奶却已经换好寿衣躺在里屋了。昏天暗地哭了几个钟头，闻讯而来的人已经陆陆续续地找上门来，全家人也只好强打起精神招待来客。

离家许久，叶琬几乎要忘记了，这大半个小城的人都是奶奶教出来的学生。很多跟爸爸差不多年纪的宾客都是全家一起来的，大人是奶奶的学生，孩子是爸爸的学生，也有不少是奶奶学生的学生，爸爸学生的学生。学生们和学生的学生们，讲着他们跟老师的往事，那些冷不丁拎出来擦亮的陈年记忆令人躲闪不及，即便琐事在此时也具有了杀伤力。上午叶琬已抵挡不住被这些凶器冲杀得站不稳脚，到了下午，力竭得坐在沙发上都直往地上打滑。爸爸心疼叶琬开夜车又折腾了一整天，安排继母开车载叶琬回家休息，晚上吃过饭再去奶奶家顶班招待客人。

叶琬趴在床上，感到抽筋拔骨似的疲惫，流泪过度的眼珠子像拴了两根绳子被人薅着向外拽，却无法睡着。爸爸的后脑勺上白了碗口大的一块。那块白，挂在周圈焗了黑油的黑发上，突兀又扎眼，叫叶琬心酸。奶奶是先耗干了爸爸，随后才耗干了自己。这些没法对外人讲的话，就那么突兀地吊在爸爸的后脑勺上。

买下这处宽敞的三居新楼房时，叶琬上大二。三居室朝南的一间做爸爸和继母的卧室，朝北的房间做了爸爸的书房，还有一间朝向西南的小客房，爸爸坚持留给叶琬。他没跟叶琬商量，在搬家时把所有叶琬留在家里的物品都安置在了这间小客房里。叶琬寒假回家过年，第一次看到自己的新房间，甩出口的第一句话就是，我一年也住不了几天，该把这间改成继母的书房，要么就直接把墙打掉连通成大客厅。说这话时，叶琬心里全没恶意，她只是在那时便笃定了自己走了就不会回头。但爸爸和继母听了都不是滋味，也没人接叶琬的话茬儿。

靠墙立着的两排大书柜里，盛放着叶琬的整个童年和少年。里面所有东西都是爸爸陈列的，按着叶琬的年龄顺序从上至下一线排开。

最上面一层是玩具，刮掉漆的铁皮小火车，没了脑袋少了胳膊烂了裙子的几只洋娃娃，尾椎不知所踪已经无法发光的夜光恐龙骨架，两只颜色可疑快要秃毛的毛绒熊，一堆掉色的木头积木块。下面一层是或摆正或瘫倒的奖状，劳动小能手鼓励奖，运动小健将一等奖，区级创新作文大赛二等奖，迎香港回归知识问答全市联赛二等奖，“我的爸爸”演讲比赛一等奖。再下面一层是漫画书，哆啦A梦，金田一，柯南，幽游白书，火影忍者，海贼王，风云，老夫子，还有几大摞整年订阅的《科幻世界》杂志。剩下几层塞满了各种各样的书，把书柜挤得满满当当，只在第二排大书柜靠右侧的最下方空出来一大块空当。那块空当里原先放着叶琬从小学开始写的日记本。叶琬在北京安定下来租好房子以后的第一年春节回家休假，就把那些日记本全部塞进行李箱带回了自己在北京的出租屋。她什么都可以留下，就只有这些日记不可以。

这简直就是一座时间的坟场啊。好像不太恰当，应该说，是记忆的墓碑？好像也不太恰当。

叶琬不敢想自己不在家时，爸爸会不会时常走进这间房间，抚摸翻动这些坟场里的灰烬和墓碑上的积尘。爸爸自己的书房里并没有什么早年的物品，全都是书而已，除了书，就只有一桌一椅一电脑。难道他之前五十五年人生的痕迹没有什么太多值得保留和纪念的东西吗，为何他只如此偏执地收藏着关于叶琬的一切。是因为关于他自己的，他只需用记忆留存，而关于叶琬的，就需要借助物品吗。

越想越睡不着，叶琬从床上爬起来。书柜里的书，有不少直到现在叶琬还是喜爱的。比如这套《三言二拍》《搜神记》,还有《鲁迅全集》《世界探秘大百科》。虽然从上小学就开始看这些书,但小时候读过的几乎都不能作数,看个热闹而已。叶琬抽出鲁迅全集里的《彷徨》一本,放到鼻子下面闻了闻。真好闻啊。是妥善保存住的,小时候的味道。爸爸也会像自己这样吗,抽出一本书来,放在鼻子下面闻从前的味道吗?

继母做好了晚饭,两人无声地在客厅里扒拉了几口,就准备马上赶回奶奶家。晚上下了班的人就要来吊唁了,会比较忙乱,爸爸自己肯定应付不来。

果然,奶奶家的大门直接敞开着没有关,不停有认识的不认识的人进进出出。叶琬一路跟各种叔叔阿姨大爷大婶哥姐弟妹打着招呼向屋里走,走到客厅里,发现张叔叔和张涵正坐在沙发上。

张叔叔紧挨着爸爸坐,一只手抹着发红的眼角,一只手按在爸爸的手上。爸爸经过这一整日的消耗,神情愈发麻木,看起来还没有张叔叔激动。张涵坐在他俩身边的单人沙发上,还跟高中时候一样留着平头,黑色的衬衫外套着一件灰色加白纹的羊毛衫,外面还套着长款的黑羽绒服。看来他们也是刚进来。张涵看到叶琬,立刻站了起来。

张叔叔把叶琬招呼过来,向旁边挪了挪屁股,让叶琬坐在自己身边。年龄加速奔驰的后作用力弹射在每个人身上,向来万事不操心的张叔叔也被弹得不轻，不觉间已经成了一个比叶爸爸还絮叨得多的老头儿。听张叔叔絮叨了一阵儿，叶琬起身去厨房，准备给来客烧茶切点水果。张涵马上跟了过来。

奶奶家的厨房跟客厅连在一起，用一扇磨砂玻璃的推拉门隔开。叶琬走进厨房就拉上了推拉门。张涵自己拉开推拉门，走进来，又回身把门拉好。叶琬拿起电水壶接好一壶水，插上电开始烧，又在灶台上摆着的一溜茶叶桶里挑选合适的茶叶。

“啥时候回来的？”张涵凑到叶琬身边。叶琬几乎要忘掉张涵其实个子那么高了。小时候也许注意过，但从来没真的在意过。张涵站在她身边，像一座塔。

“一大早。”叶琬拾起一只祁门红茶茶桶。天好冷，该喝红茶。

“叶叔叔说，叶奶算是比较平静走的，也高寿了。别太难受了。”

“嗯。”叶琬把茶叶一点点倒进茶壶里，打开橱柜门，翻找合用的茶杯。

“九年没见了，咱们。”张涵身上有股淡淡的烟味儿。但没有他高中那时候身上总有的汗臭味儿了。总算长大了。吗。

“都那么久了？还真没细想过。”

“就是啊，九年了。从上大学开始就没见了。每年大年初一我们都来你奶奶家拜年，每年我都想着，总算能见着你了，结果每年都见不着。我后来琢磨着,你应该就是躲着我。”

“九年,那是蛮久的了。”

水开了,叶琬把水壶拿起来,将滚水冲进茶壶里,涮了涮茶叶,把洗茶水倒进水槽里,再将开水冲入茶壶。客人这么多,用小茶杯一口一口喝不太方便啊。叶琬放弃了这个方案,准备找些大一点的瓷杯子。

“都那么久了,你还在生我的气吗,小琬。”张涵的声音砸在叮叮咣咣的瓷杯子中间。

“也不算生气,就是一直没碰上面吧。好像也没什么特别的理由要见面,就没见着呗。”而我每年大年初一都要换一个新借口好从奶奶家跑出去躲开你。叶琬端起茶壶,走到推拉门前,拉开推拉门,到客厅里去给客人们倒茶。

晚上九点过后,客人们渐渐消退,大门也关上了。叶琬一家按规矩要留在奶奶家里守夜。爸爸终于撑不住,被继母扶进客房里躺下了。叶琬轻手轻脚地收拾客厅里的碗碟,清理瓜果皮,捡拾垃圾。爸爸根据奶奶之前交代的遗愿,不愿接受白事礼金,有些客人竟就将封了礼金的白信封塞在沙发坐垫下,塞在电视柜里,甚至插在花盆里。学生们年少时跟老师玩躲猫猫,藏起言情小说和游戏机,到了现在,还最后一次跟老师玩起躲猫猫,藏起他们除了礼金外没法用其他方式表达的情义。叶琬只好将信封一一收起,明天再跟爸爸商量看怎么处理。

厨房里响着哗啦哗啦的水声，叶琬以为是继母在清洗茶杯，推门进去才看到，居然是张涵，挽着袖子在洗着茶壶和碗碟。

“你怎么还在呢！”叶琬惊呼。

“我看就你一人儿在那忙乎，想着帮把手，你肯定今天也怪累的。”张涵没停手，嘿嘿笑着继续洗碗。

“张叔你俩不早走了吗。”

“我把他送回家去又绕回来再看看。”

“你倒是不客气。”

张涵手上一直没停，仔仔细细地把所有脏杯子茶壶茶碗清洗干净，轻手轻脚地放在一旁晾干。看来他在自己家里也是干活的人呢。叶琬没有赶他，站在他身旁，用厨房布擦干他洗好的杯子，摆回橱柜里。

“要不要出去转转。”张涵甩了甩手上的水珠，问叶琬。

“大晚上的，有什么可转的。少发神经。”

“散散心吧，你不觉得这家里挺憋闷的吗。”

叶琬抬起头看张涵。回来这一整天，她第一次正眼看着张涵。该死，应该是，快十年了，她才第一次，又正眼看着张涵。张涵的脸胖了不少，年少时平头显得人瘦削，现在平头就有点显得脸大了。他望着叶琬的眼神倒是没什么变化，充满了热切，还有挑衅。

“行吧，我穿下衣服。”叶琬擦了擦手，回了一个更加挑衅的眼神给张涵。

张涵开一辆深蓝色的大众高尔夫，夜色的晃衬下看起来像只黑色的小甲虫。他驱使着小甲虫在马路上漫无目的地乱转，路面上前几日下过的残雪不时在轮胎下叽歪几声。

“叶奶虽然是个挺好的人，就是对所有人都太严厉了，对她自己儿子也那么严厉。我印象里有几次在叶奶家吃饭，饭总是吃不好，提心吊胆的。感觉筷子放错了地方都要被她骂一顿，话说错了也要被骂，有时她都不骂你，就瞪你一眼，就够让你胃里一抽抽。最吓人的就是看她一边吃饭一边数落你爸，数落我爸，好像全世界不争气的人都集中在那一张饭桌上了。吃个饭而已嘛，何必呢。我们也不是天天在你家蹭饭吃。”张涵故意用调皮的口气轻快地讲着。他从小就有这个本事，不管讲什么让人心里发酸的事儿，讲出来的口气却总是能把人逗笑。

叶琬笑起来，伸手在张涵头顶削了一记。就像小时候。张涵也不躲，被削了倒更开心了，口气也愈发抖起来。

“哎有一次有一次你还记得吗，咱们俩在她家楼底下花园里玩儿，我摘了邻居种的一朵花给你你记得吗。好么，迎头被她撞上了，老太太揪着我脖领子，站在花园里骂了我半个钟头！我印象里连马克思爷爷列宁大爷都摆出来了，让我沉痛认识到破坏公共环境是一项多么可耻的罪行，连马克思爷爷都要诈尸醒来代表全人类谴责我。我爸循着老太太教育人的声音就找下楼来了，一脚把我踹飞到花园里，这一踹飞不要紧，破坏了更多的公物，真是令人痛心。”

“哪有你说得那么夸张，也就说了你五分钟好不好。”

“每次回忆起来都觉得时间更长了一点儿。我爸踹完我，把我拎回自己家还罚站了一个多钟头呢。罚站时候还问我，小子，知道自己错在哪里吗？我说不知道。他抬起脚又踹一记，笨蛋，以后记住了，在叶奶家方圆十里内都要乖巧，不然老子还得跟你一起挨骂。这下我就明白了，以后走到哪儿身上都最好带把尺子，塑料尺还不行，得是那种很长的软尺，以叶奶为轴心进行测量，十里以内需要保持乖巧。还是叶叔叔最好了，从来也不打你，比我爸温柔多了。”

“谁说的，我爸打过我一次。”

“一次！就一次！就一次你还好意思说啊。我爸打我屁屁打断的鸡毛掸子加起来能绕学校操场一圈了好吗！”

“你少贫了你，你说都快三十人了还那么臭贫。”

“哎呀别当真别当真，哄你开心而已。”张涵转着方向盘，“反正就是觉得你长这么大也不容易。咱们都不容易是吧，老师家的孩子们。”

叶琬认出路来了。张涵嘴上犯着贫，心里倒是不含糊。七拐八绕的，把她带回到学校来了。爸爸几年前就跟她提过，新城区开发以后几家重点中学全部迁址到了新城，她的中学也在搬迁名单内。每年回家探亲都是来去匆匆，还从没想起过要回学校看看。学校的大门上，原来悬挂着硕大校名的大理石门梁已经被敲掉，只留下了两侧光秃秃的柱石。一张黑黝黝的大嘴向他们俩张开着，挡着他们的，只有门口这两根象征性的门牙。

“带我来这儿干吗。”叶琬的笑意全被这两颗门牙挡住。

“想着说不定你想看看。好久没回来看了吧。”张涵把车停在路边，拉起手刹，“去转转吗。”

叶琬沉默了。张涵也不出声。老城被逐渐遗弃的味道，顺着车底的凉气缓缓爬进车子里。叶琬拉开副驾车门，走下车子。

“扔在这儿三四年了，也没人开发。最开始说要改成购物城，后来说是不在老城再建大型购物城了，又说要改成电影院，不知怎么又没了消息。前段时间又听说，准备直接扒了，改成绿化区，搞个街心公园什么的。反正都是瞎折腾。这小破地方搞什么都没发展，搞什么都没所谓了。”张涵踩着叽叽叫唤的积雪，走到学校大门前。门口两侧光秃秃的柱石之间，胡乱插着两扇铁门，中间用一条铁链子拴着。铁链子又粗又长，稍微一拉，竟在两扇铁门之间拉开一人多宽的空当。张涵直接从那个空当钻了进去，黑羽绒服被锈了的铁门蹭上了两道铁红色。张涵拉住那个空当，示意给叶琬。叶琬走过去，也从那空当里钻了进去。

“我看这儿现在拍鬼片儿最合适。”张涵很兴奋，哆哆嗦嗦地从裤兜里掏出手机打开电筒给叶琬照着亮儿。静默的黑夜吞食着这微弱的一点点光。

积满雪的花坛,教师办公楼,水房,图书馆,教学楼,实验楼,第二教学楼,绿化带,操场。这一天之内,叶琬已看了太多的坟场和墓碑。不是无法承受。只是有点,太多了。

“你还在那儿上班呢吗?”叶琬想找些轻松点的话题。

“嗯,国税局。也就那样了。”

“晶晶今天怎么没来啊。”叶琬忽地问张涵。

“她……在家看孩子呢。”张涵的声音一下子弱了下去。

“哦。孩子还好吧,多大了。”

“一岁半,挺淘气的。太淘了有点儿,我都受不了。”

“一报还一报呗,你小时候那么淘,现在让你也受受你爸妈的苦。孩子叫什么啊?我爸就跟我说有孩子了,没说叫什么。”

“张珩,王字旁加行走的行那个珩。”

“怎么现在还流行起玉器名儿啊,你能不能有点新意。”叶琬似乎意识到了什么,不再说下去。操场上的积雪是完整的一大块,没有被任何人踩过。大片发亮的积雪,在夜晚的星月下散射着灼人的光芒,把两个偷渡的人照得无处遁形。他们俩站在这一块完整的光芒前,谁也没有勇气走上去破坏掉它。

“那你呢,有谁了吗?”张涵低声问。

“陆陆续续有几个吧。暂时也没什么特别的打算。”

“不打算安定下来，有个孩子吗。安定下来好像不太适合你……但孩子呢，虽然又折磨又欣喜，但整体上来说，还是特别欣喜。”

“太忙了。没那么多时间留给孩子，也没那么多时间去享受那种欣喜。”叶琬冷冰冰地嚼着这句话。

张涵蹲了下去，坐在了雪地上。“你跟我们，真的过上完全不一样的日子了。不说哪个好哪个不好，就是完全不一样了。本来走在一条路上，也不知道从哪就走岔开了，一岔开不要紧，越走越远着了。有时候我会像遭雷劈了似的突然想，你现在在干吗呢，穿着什么样的衣服，坐在什么地方，跟谁在一起，说着什么话，笑起来是什么样子，喜欢的是什么样的人。我经常发现我想象不出来。我爸跟我还是动不动就会跟叶叔叔一起吃饭，叶叔时常会聊起你。所以我能拼凑出很多关于你的细节，知道你毕业进了国企，又辞职了，也知道后来你跟人一起创业了，工作很辛苦。但我就是想象不出来。真的想象不出来。”

叶琬向前踏出一步，站在了那片完整的白色光芒上。它不再完整了。

又迈一步，又一步，又一步，又一步。叶琬跑了起来。家乡冷冽的夜风钻进叶琬的嘴巴里，鼻子眼里，眼镜框里。寒气刺猬一样滚遍她的全身，刺痛了她脆弱的眼睛。她喘着粗气停下来，摘下眼镜，用冻得麻木的手背擦着寒气刺出的眼泪。

张涵呼哧呼哧地跑到她身边。

“小琬，我错了，别再生我的气了好吗。从那天开始一直到现在我始终都在后悔，在骂自己，在向你道歉。都快十年了。我们是从小一起长大的朋友，最好的朋友。现在这世道，有个这样的朋友多难得啊。求求你，原谅我吧。”张涵哭了起来，熊一样厚实的肩膀在一片光芒里，像素般抽动着。

“原谅你什么呢。原谅你背叛了我们的友情，还是原谅你企图强奸我。”

“我没想强奸你，我没想。我是一直喜欢你，从小就一直喜欢你，但我怎么可能强奸你呢。那天晚上你说要是秦凯得SARS了，你就也不想活了，那一下子我脑袋就炸了，什么都没办法思考了，只想拥有你……”

“你看，你自己都说了，你就是想占有我！你都把我按在地上了，要不是我踹疼你跑脱了，你敢说你最后不会强奸我！”

“我不会真的强奸你的，我知道我不会……”张涵哭得越发厉害，几乎要扑倒在雪地上。

“好，你觉得你不会，但是你可以。你也让我感觉到了你可以。只要你想，你随时都可以，甚至现在都可以。这就是我们的区别。这就是我们的区别，你懂了吗！”

叶琬戴好眼镜，踩着一地光芒的湖泊，把张涵和所有坟墓中的灰烬甩在身后，向外面的世界走去。无数杂乱的声音环绕在她身边,伴着脚下的光湖一齐呐喊。

“多谢你的好意。”“我还得活几天。”“但是现在忘记我罢;我现在已经‘好’了。”“我已经真的失败,——然而我胜利了。”

叶琬终于,感觉到了轻松。

第六夜　1998年8月31日

男孩们抱着足球勾肩搭背吵吵嚷嚷地冲出门去了，留下半桌子剩菜饭，喝了一半已经没气的大可乐，满桌子鱼骨头鸡骨头猪骨头偷偷藏在碗边的青椒，还有面面相觑的一个女人两个女孩。

明天开学，居然还是要跟这群傻狍子当同学，真是想想都叫叶琬丧气。这群傻狍子，简直是叶琬命中的劫数，绕都绕不开。打生下来就住在一个院儿里，幼儿园小学都在一起上，终于现在要升中学了，居然还是要上同一个学校。就因为大家的父母都是老师。到底什么时候才能摆脱这些傻狍子呢，真是要了命了。

“王姨我来帮你收拾碗吧！”晶晶猛地站起身，两只白嫩的小手快速叠摞起桌子上的脏碗筷来。“别别别，我自己来就行，晶晶你别沾手了。”王老师慌忙站起身，企图按住晶晶进展迅猛的脏碗叠罗汉行动。“哎呀没关系的，我在家每天都收拾碗洗碗的。”晶晶说话间，已经在自己面前叠起了跟她眼睛平行高度的碗盘，双手稳稳地举起这一叠脏碗，摇摇晃晃地向厨房走去。

啧啧啧，真是不一样，教导主任家的孩子就是有教养。叶琬晃晃荡荡地站起身来，好像自己是该被拾掇掉的一只脏碗，肩膀上挂着剩菜似的抖了抖。叶琬在家偶尔也是收拾桌子洗碗的，但今天她实在没这个心情。就让晶晶好好表现一下吧，叶琬真是一点都不想给这些傻狍子收拾脏碗。

亮亮怎么就那么会挑日子，不早不晚，偏偏生在新学年开学前一天。每年开学前一天，基本上都是叶琬一年当中最烦躁的时候。又一个美好的夏天消失了。一去不返的那种消失。傻狍子一号张涵总嘲笑叶琬不会算数儿，等300天左右过去以后，就又是夏天了啊。但那不一样啊，太不一样了。叶琬从很小的时候就明白了一个道理，每个夏天，跟上一个夏天都大不一样。

就比如说王老师家吧，去年给亮亮过生日时候，让叶琬印象特别深刻的是客厅里有一盆开得正浓的龙爪花。猩红的花朵上冒出来一根根细嫩悠长的红色小枝杈，叶琬趴在花盆前研究了好半天。今年夏天那盆花就不见了。前年这时候，她家还养着一条黄棕色的串串儿土狗，后来也不知哪里去了。再前一年这时候，亮亮爸爸还在家里一起过生日呢。

不过这些对傻狍子二号亮亮来说似乎都没什么影响。他还是该吃吃，该睡睡，每天嬉皮笑脸活蹦乱跳，照样每个夏天都踢球踢得两只膝盖上涂满紫药水儿，照样过生日时候吃蛋糕吃得脸上头发上胸前衣服上糊满了白花花的奶油。他好像是真的不在乎点蜡烛的时候生生少了一个人。这偶尔会让叶琬感觉到炽热的嫉妒。

厨房里响起了叮叮哐哐的碗盆碰撞声，两个女人争相要求洗碗的嬉笑声搅和在碗盆间。就连傻狍子一号张涵都看出来了，晶晶喜欢上了傻狍子二号亮亮。昨天张涵抱着所有没写完的暑假作业背着他爸溜到叶琬家来求她帮忙一起做，还挑着眉毛故作神秘地问叶琬，知不知道这个事儿。

叶琬觉得张涵的核桃脑袋又让门给夹了，连他都看出来了，这院子里还有谁看不出来，估计只有傻狍子二号自己没看出来。叶琬有点同情张涵，升学的暑假明明没有作业了，他爸还自己给他出了一堆作业。想到这儿叶琬又有点同情张叔叔，要是张涵的心思有百分之三十在学习上，张叔叔也不用自己半夜趴在写字台上给他出独家秘题了。想到亮亮叶琬又有点同情王老师，她带着这样一个傻狍子生活，肯定比叶爸爸带着叶琬生活还要艰难得多吧。想到王老师叶琬又有点同情晶晶，这些傻狍子有任何地方值得喜欢吗，跟他们在一起岂不是每天当妈一样洗碗洗衣服帮他们腿上涂紫药水吗，可他们个个已经有妈了啊。要同情的人实在太多，叶琬甩了甩头，决定不再想下去了。说不定人家背后也在同情我呢。大家彼此同情来同情去的有什么意思。

沙发上胡乱堆着男孩儿们的脏书包、臭帽子、漫画书，叶琬走到沙发边，把男孩们的东西推到一边，整理出一块空间，哗啦仰倒上去。王老师对亮亮的溺爱也算是他们这个小生活圈子里排首位的了。亮亮家简直就是傻狍子们的圣地。所有在其他人家中禁止的东西在他家都属于绿灯通行物品。日本漫画书、各种汽车模型、飞机模型，还有抢手的小霸王游戏机。如果一跨进亮亮家就收每人一毛钱（估计五毛钱大家也会接受）的话，估计王老师不仅早收回了买这些玩意儿的钱，说不定还发家致富了。

叶琬划拉着沙发上战场残骸似的一堆破烂儿，发现一只游戏机手柄卡在沙发靠背和坐垫之间的夹缝里。肯定是刚才他们玩完了以后就随手乱丢，卡在这里的。叶琬把手柄从夹缝里抠出来，捏在手里。轻飘飘的一块塑料而已，红色的外壳，棕黄色的底板，黑色的按键。有什么了不起的。叶琬用双手的大拇指捏着一个个按键。这是控制上下左右的，按这个魂斗罗可以跳起来，按这个就可以蹲下去。我都知道。有什么了不起的嘛。叶琬胡乱按着，边按边掰着手柄的底盘，一瞬间很想把这块塑料在自己手里给掰碎掉。

“你想玩儿这个吗小琬，阿姨帮你打开？”王老师站在沙发边，在围裙上擦拭着湿漉漉的手。

王老师在小学里没有教过叶琬，她一直带着其他年级的班，但要是在学校里遇见了，叶琬也一定是称呼她王老师的。这是教师大院里孩子们的共识和规则。虽然叔叔阿姨们看着他们光屁股长大，知道他们从小干出来的一切顽皮荒唐事，但在学校里见面了，一定要称呼老师。习惯叫老师久了，就连在家里，也不再按叔叔阿姨来称呼了。每次王老师自称"阿姨"，叶琬胳膊上的汗毛都竖一下。

"晶晶也一起玩儿吧，我看他们都是俩人一起玩儿的。"王老师转身又招呼起晶晶。

"我就不玩儿了王姨，我也不会玩儿这些游戏，也不爱玩儿。"晶晶笑得甜滋滋的，声音也是甜滋滋的，好像糯米糍雪糕。

叶琬翻了个白眼儿，"那我自己玩儿。"她仰起头看王老师，也努力射出一个够甜的笑容。

叶琬跟晶晶总是处不好。从小到大都处不好。晶晶就是大院儿里家家户户关起门来教育自己孩子时都要提到的名字。"你看看人家晶晶！再看看你！"幸亏叶爸爸从来没这样教育过叶琬，不然叶琬肯定立马转身摔门夺路而逃。是是是，晶晶可爱文明懂礼貌，晶晶品学兼优年年三好，晶晶班长大队长浑身都是三道杠，可我为啥要看晶晶呢，我一个近视眼，我能看得见啥。再说了大家都看着晶晶，晶晶自己往哪儿看呢。也看着自己吗？那时间长了可看成斗鸡眼儿了。真是无法理解这些大人。

有一段时间叶琬反思自己是不是嫉妒晶晶，毕竟晶晶确实哪里都好。经过在日记里的深度自我剖析和跟张涵的讨论过后，叶琬认为自己不是嫉妒晶晶，就是处不来。就像张涵说的，“你跟她，”张涵摇着核桃似的大脑袋，“就是不一样。”过后张涵又补充，“我反正也不喜欢她那样的。我觉得你挺好。”叶琬冲张涵翻白眼，那可不，晶晶又不帮你写作业，我还帮你写作业呢，你敢不觉得我好。

王老师蹲在电视柜前面，先摁亮电视，接着插电摁亮游戏机，随后就不知道该怎么操作了。这玩具自打买回来就是亮亮在操弄，亮亮对于自己喜欢的东西可是愿意下功夫鼓捣，王老师从来没问过，自然也不知道如何操作。

“我就说让他们给你们俩玩儿会，给你们俩也玩儿会，这些臭小子，就顾着自己过瘾。真气人。等亮亮回来我好好说说他。”王老师逐个拨弄着电视遥控器和游戏机上的按键，撞大运似的寻找进入游戏世界的窍门。

他们可不就顾着自己玩儿么。男孩们从来也是这样，自己一玩儿起来，女孩们就像是消失在世界上了。就算你趴到他耳朵边上拎着他耳朵吼，他也听不见。还不是故意的，就是听不见了。叶琬上四年级的时候就发现这一点了。男生们在学校操场上踢球，女生们围在场边尖叫着给他们每一次冲刺加油。很快叶琬就停止喊叫了，因为她发现场上的人根本没有在听，女生们都是在喊给自己听。除了极个别早熟的男孩以外，女孩们的存在对于他们来说犹如空气般稀薄。他们还需要更多一点的时间，才能意识到空气对于他们的重要性。

“这鬼东西是怎么弄的，我记得有个说明书来着，我找找哈。”王老师解开围裙，往亮亮房间里走过去，房间里一阵翻箱倒柜的声音。叶琬从沙发上站起来，走到游戏机旁蹲下，按按这个键，摆弄摆弄那根线，企图弄清楚它的工作原理。

晶晶走到叶琬身边，小心翼翼地蹲了下来。晶晶下蹲的时候，会先把自己白色带蓝色花边的小裙子用双手从两边包一下，将周身冗余的布料按在小肚子上，然后再蹲下。这样蹲下来以后，裙子不会掉在地上沾土，前后也不会走光。就这一个不经意的动作，蟹钳子般夹痛了叶琬的心。大概也没有人特地去教晶晶这些事，她只要看着她妈妈就知道自己该怎么做了。叶琬从来没留意过这些。她装作自己仍在专心致志地摆弄那些塑料按键，心思却全部集中在自己下身穿着的黄色小短裤和上身的白色小衬衫上了。爸爸最喜欢的就是白衬衫，最喜欢给叶琬买的衣服也是白衬衫。唯一的区别就是叶琬的白衬衫是蝴蝶领的，或者带着蕾丝花边。叶琬忽然想到，自己好像有四五年没穿过裙子了。

“你不是不玩儿吗，瞅什么瞅。”为了强制自己打断这道思绪，不要再想下去，叶琬硬巴巴没好气地冲晶晶说了句。

“我看着你玩儿还不行吗，我就看看。”晶晶说话声音很低，甚至有些微弱。连叶琬都能感觉到，晶晶跟自己说话的时候，声音总是比跟别人说话时要低。

“有啥好看的，打都打不开，气死了。”叶琬大力戳着游戏机一整排按键，恨不能把它们全戳瘪。

“我挺羡慕你的，”晶晶说，“他们都爱跟你玩儿，都跟你近乎。”

“你啥意思？”叶琬立刻变得警觉，扭过头看晶晶。叶琬的眼镜儿从鼻梁上滑脱，她用食指一顶，把眼镜顶回到瞳仁前。

“没啥意思啊，就是觉得挺羡慕的。”晶晶伸出手指抠了抠自己的红色塑料凉鞋，凉鞋的带子卡在她的脚踝上，脚踝都卡红了。叶琬穿着一双军绿色的胶底球鞋。

叶琬不想玩游戏了。真没劲。她把游戏机往电视柜的方向一推，站起身来。“王老师，我不想玩儿了，您别找了，我想回家了。”

王老师从亮亮房间里匆匆走出来，“找不着了，不知道这孩子扔哪儿去了，要不再等会儿，等他们踢完球回来弄。”

“不要了，我真不想玩儿了，我回家去了王老师。”叶琬说着就向大门走。

“那我也回家了王姨，谢谢您请我们大家吃饭，辛苦您了。”晶晶甜甜地说完，先一步打开门，蹦蹦跶跶往楼上跑去。晶晶家就在亮亮家楼上。

叶琬站在门口跟王老师摇了摇手就打算冲出去，却被王老师捞虾似的一把抓住。“我送你回家。”王老师死死抓着叶琬的手，同时迅速在门口鞋柜换鞋。叶琬家住的楼，跟亮亮家在一个家属院里，虽然大院挺大，走路也不过五六分钟的事儿。难道爸爸跟王老师说了去年夏天的事儿。叶琬别扭起来。难道院儿里所有人都知道了。

“不用送了王老师，真不用送，快松手吧。”叶琬一脚迈出大门，另一只脚还被王老师抓住的手牵扯在门里。叶琬的身体卡在门上，像力不从心的木匠手里的锯子，漫不经心地拉拉扯扯拉拉扯扯，最终以王老师穿好鞋拎着她走出门告终。

两个人互相牵着从楼道里走出到院子，王老师并没有松开手。王老师的手有些滑腻，洗碗时沾的水早该擦干了，这应该就是她手心里的汗。温软潮湿包裹着叶琬的四根手指和大半只手背，湿腻发热的感觉沿着左手一点点爬到叶琬的小臂，整条胳膊，肩膀，又缓缓传递到另一只胳膊上。叶琬记不清上一次被这么大年纪的女性牵着自己的手是什么时候的事儿了。她的嘴里有些发苦。

“最近在看什么书了？”王老师问。

唉，老师还是老师啊，聊闲天都那么“老师”。叶琬笑了笑，“在看《三言二拍》。”

王老师有些意外，“你爸怎么叫你看这么难的书？”

“也不难啊，不是原文那种，是给中学生看的简写本，看着玩儿。”叶琬心想，我爸还给我看《金瓶梅》呢，说出来吓死你。

“你爸这个中文系大才子，还真想培养你当大作家呢。”

“那不能，我爸说将来学什么都不要学中文，百无一用是中文，离得远远儿的最好。他说想让我看看这些书，了解一下世间百态什么的，对我有好处。”

“看《三言二拍》了解的世间百态，跟真正的世间百态还是有点距离。”王老师好像话没说完，但也不再说了。“那你比较喜欢里面哪些故事？”

叶琬扶了扶眼镜儿回想了一下，要说印象深刻的还是有不少，但要说喜欢，叶琬总觉得都算不上喜欢。动不动就要殉情，要跳湖，要杀人，要反杀的，实在算不上符合叶琬的胃口。“有几个故事还挺有意思，卖油郎啊，杜十娘啊，谢小娥啊什么的。不过印象最深的还是梁山伯祝英台吧。”

“嗯，经典故事。”王老师点点头。

“我其实想不明白，就算他们有些不门当户对的问题，干吗不私奔算了，何必死掉呢？”

“你还小。两个人在一起，有时候也不是那么容易的事儿。”王老师的声音听起来很寡淡。

叶琬忽地有些兴奋起来，“不过这故事整体都有点奇怪就是了，古代女扮男装就那么容易啊，什么花木兰啊，祝英台啊，直到最后都没被人发现是女孩，都是自己主动说出来的，那些男的是眼睛都瞎了吗？”话匣子一打开，叶琬还就停不下来了，“再说了，要是我是祝英台，就该跟花木兰一样，女扮男装去上阵杀个敌啊，不行去考个功名当当地方官造福百姓也挺好，干吗跑回家等着梁山伯来娶她呢，真是想不开。这个梁山伯一看也是个软蛋，有啥值得嫁的，我要是梁山伯就趁夜黑风高带着祝英台翻墙私奔……”

叶琬话匣子里的话还没一一抽完，旁边的王老师已经笑得腰都直不起了。有什么可笑的，难道我很可笑吗。叶琬不再说了。但她决定不生王老师的气。王老师的手还牵着她的手呢。

说话间，她们已经走到了叶琬家楼下。叶琬没有甩脱王老师的手，王老师也没有松开叶琬的手。她们就这样牵着手走上楼去。一楼、转角、二楼、转角、三楼。叶琬的左手已经在王老师的右手中泡得酥麻没有知觉，她觉得自己会一直记得这酥酥的脆饼干一样的感觉。

王老师敲门，爸爸趿踏着拖鞋来开门。叶琬盼着爸爸穿得稍微像样儿点，别跟平时似的耷拉着松垮的大裤衩套个白色跨栏背心。爸爸打开了门，耷拉着松垮的大裤衩套个白色跨栏背心。

“哎哟，你给送回来了。”

“唉。”

“谢谢谢谢。”

“客气。”

“进屋坐会儿？”

“不了，亮亮踢球待会儿要回家了。”

“哦哦，谢谢谢谢。”

叶琬把自己的手从王老师的手里抽出来。大人们还在说话，叶琬已经不想听下去了。她没有跟王老师道再见，直接走回了自己的房间，轻轻关上了房门。大人们还有话要说，叶琬仿佛天然地知道自己什么时候可以逗留，什么时候应该撤离。她看懂了刚才爸爸的眼神。

拉开台灯，叶琬打开抽屉取出自己的日记本。日记本摊开，她在最上方先写好今天的日期。那么，该从哪儿开始写起呢。

第七夜　2018年4月7日

“你还记得吗，那天晚上回到家你就打了我一巴掌，我到现在都记得特清楚。”

“嘿，又提这茬儿。我倒是想记不住呢，也架不住您这三不五时地提醒我。”

叶琬左手挽着爸爸的手臂，右手伸过来拍打爸爸的肩膀，“哪来的三不五时，这不是散步到这儿，就触景生情了吗。”

小半个城市，都在过去二十年间拆拆建建地彻底换了模样，这个从叶琬出生前就蹲在这里的小公园，倒居然还蹲在这里。人行步道上的灯光昏黄脆弱得像是灯柱上顶了一颗颗蒙了猪皮的月亮。灰丫丫的小树林里静寂无声。现在的小孩子们有太多可玩儿的东西，再不需要靠爬树撒欢来挥霍过于亢奋的精力。

“你说老爹我一辈子把你捧在手心儿里都怕化了握了那么久，就打过你这么一次。你张叔儿把张涵屁股大腿都打脱了几层皮了，涵子还不是欢蹦乱跳地爸爸爸爸叫得那么欢。你这孩子就是心事重。”

“哎哎哎，讲点道理啊，千万别拿我跟傻狍子比。再说了，什么叫心事重啊。你想想，一个活泼可爱聪明善良的六岁小姑娘，一年就过那么一次生日，苦苦等待了大半年的生日愿望没有满足，还惨遭大师发功和生灌自来水，能不委屈？能不愤慨？”

“哎行，讲道理，那你记不记得我为啥要打你，你说了什么我要打你。”

“就因为闹着买恐龙那个事儿呗。”

“不是恐龙的事儿。而且后来那个恐龙我买给你了好不好。”

“不是生日那天买的。”

“有啥不一样的呢？我还是买了啊。”

“就挺不一样的。”

“反正不是因为恐龙的事儿。”

“那是因为啥。”

“我记得特别清楚。一进家门你就跟我说，我还不如跟我妈走了，早知道就不要跟你在一起。”

“我没说过。”

“你说了。”

“我怎么不记得我说过这话。”

“你就是说了。”

“你小心眼儿。”

“你选择性失忆。”

“你小心眼儿。”

“没你小心眼儿。”

两个人对着眼看了看，一起笑起来。小公园的步道其实只有那么短，前后不过一百来米，绕着不到一百方的小树林。步道尽头的铁滑梯，登上去的扶手都断开了，在蒙了猪皮似的月亮灯光下发着暗哑的锈光。

“那天老爹真吓死了。想着你才六岁，就自学了离家出走了，这都随了谁了？长大了还不得上天入地遁海底啊。”爸爸像是嗔怪，口气里却藏着些自豪。“我女儿跟她老爹不一样。我是个软弱的人。你从小就那么倔强。”

不是这样的，老爹。我彷徨无措软弱不堪没有方向的时候也多了。叶琬想起自己半个身子浸在冰凉湖水里的时刻。

“可能你让大师给我发功还是有点用的，没治好近视眼，人倒是给治得真气满盈了。”

“你就贫吧。”

叶琬用两只手攀住断掉的滑梯扶手顶端，踩着仍幸存的铁梯子，三两下就爬到了滑梯顶上。小时候站在这滑梯的上面，就跟站在珠穆朗玛峰顶上感觉差不多。总有其他小孩过来挤你，想把你从滑道上挤下去，人人都想更持久地占据峰顶。

“上面脏的，都是土，这都多长时间没人玩儿了，你快别滑。快下来。”爸爸站在滑梯下面冲叶琬招手。

滑道上不仅很多土，还有不少铁锈，好在低暗的灯光遮掩住所有不洁。叶琬把两条腿往滑梯上一搭，脚底板距离滑道底端只剩下不到半米长。铁锈的摩擦力糊住了牛仔裤，屁股坐在滑道上纹丝不动，滑都滑不下去。叶琬只好用两只手撑着左右两侧的扶手，手动模式让自己挪蹭着滑下去。裤子底下发出滋啦滋啦滋啦的摩擦声。

“你这孩子，多大了都。”爸爸走过来拉起叶琬，弯过身子给叶琬拍落裤子上的土和锈。“我像你这么大时候，你都六岁了，知道吗。瞧瞧你。”爸爸的头顶在叶琬眼睛底下摇晃着。自从奶奶去世以后，爸爸就不再染头发了。

“现在就咱俩人，你跟我说实话，”爸爸站直身子，看着叶琬，“你怎么突然跑回来了，你是不是有事儿要跟我说，你肯定不是就为了回来过生日吧。”爸爸厚硕的大眼镜片晃着光，比他的眼睛还要亮。叶琬心想，应该帮爸爸配一副轻薄点的树脂镜片。

怪不得一吃完晚饭爸爸就主动要求出来遛弯，在这儿等着我呢。叶琬笑起来。“也没什么重要的事儿，想回来就回来了，现在交通这么方便。这不正赶上周末吗。”

爸爸的厚眼镜片又一晃，脑袋摇走了。“我还以为你们俩总算想通了，打算要个孩子了。”爸爸脑袋猛地又晃回来，“张涵二小子都要生了你听他说了吗。”

“嗯，他去机场接我时跟我说了，我明天再去他家看看他们。”

“有时候我就自己在家胡思乱想，涵子还是笨啊，也没追到你，你说你们俩要是能在一起不也挺好。”

“哎哟呵，快得了，那我还在家自己胡思乱想你说你跟亮亮他妈要是成了不也挺好。”

“你快行了你，都几百年前的老黄历了，没大没小你。”爸爸不好意思了，在空中一甩手，背过身去往回走。

“我那时候还自己偷偷琢磨来着，你俩要是真结婚了，我第一件事就先把他们家那小霸王搬咱们家去。王老师肯定不敢说不行。对了还有他那些漫画，少说也得分给我一半。”叶琬追着爸爸逗他。

“你说你这点闲心思，干点啥不好，就你这聪明才智要是用在生意上你那公司早赶超BAT了你。”

“啧啧啧不得了不得了了，我家老爷子居然都知道BAT了。我真是，刮目相看。”

“你不要小看你老爹，你在这个领域里啊，我每天都在关注这些行业动态。”爸爸有些得意，肩膀摇晃起来。叶琬也不打算在这个时候跟他详细解释自己的公司跟BAT之间的差别在哪里。

“我是有点事儿想跟你说。”叶琬故意说得轻松，爸爸却被点穴了似的站定，竖起耳朵来听着。“也不是什么大事儿。

就是我这次回来也准备看看房子什么的，打算在家里这边买个房。公司的业务现在比较稳定，以后隔几个月没什么事儿我就回来住一阵子。现在大部分时间也都线上办公了，没必要天天盯着。”

爸爸的肩膀微微抖了抖。他沉默了半晌，清了清喉咙，“咳嗯，家里这边的房子吧，升值空间是不大，保值的能力还是有的。现在高铁也要通了，都说通了高铁还能涨点儿。我看，行。”

叶琬走到爸爸身边，揽住爸爸的肩膀，扶了扶眼镜儿，“我看，也还行。”

“咱们玩儿个捉迷藏吧，好久没玩儿了。”爸爸摇着大镜片跟叶琬说。

“行啊。你抓还是你藏？”

“要不，你抓吧，每次总是我抓，多没劲。”爸爸说。

“行，那把你大眼镜片藏好点儿，亮闪闪的我一逮一个准儿。”叶琬笑。

“你得了吧，你就没抓住过我。背过身儿，别偷看。”爸爸的声音一点点跑远开。

“十、九、八、”我跟班吉是一天生日呢，这时叶琬忽然想到。很久没想过这个事儿了。小时候还挺在意过来着，几乎成了仪式，每年要在生日这天前后，把《喧哗与骚动》重新看过一遍。上学时候，其实没怎么看懂过吧。现在就敢说真的懂了吗。父亲走到门口又回头看了看我们接着黑夜又来了他站在门口变成了一个黑色的身影然后门口又被黑暗笼罩了。

“七、六、五、”所以说，未来看不见，现在十分模糊，而过去看得很清楚吗。为什么我总是对此抱有怀疑。为什么我总是对所有事抱有怀疑。我能听见大家的呼吸声还有黑夜的声音还有我鼻头闻到的气味的声音再接着我能看见窗户的轮廓了窗外的大树在沙沙作响然后正如每天晚上一样黑暗像一团团光滑明亮的形状那样游散着。

“四、三、”所有需要被说出来的故事，都已经被说出来了吗。那些没有被说出来的故事可怎么办呢。飘在浓密黝黑的夜色里继续等待吗。等待被说出，还是等待彻底消失。说出来的故事和尚未被说出的有什么本质区别，改变了谁又将被谁改变呢。可是我在放弃相信的时候，又总是会被想要继续相信的力量拖拽回来。就是这拉大锯扯大锯的力量，维系着万物的平衡吗。

“二、”爸爸。爸爸。爸爸你会像小时候的我等待着你一样，蹲在灌木丛后握紧双拳焦急而紧张地等待着我吗。你会像我一样在一团黑暗里激动得浑身发抖吗。你会在我走过你身边时屏住呼吸不想被我发现又期待被我发现吗。你会吗。

“一。”生日快乐。

2018.5　初稿

2019.3　改定